COLLECTION FOLIO

Aldous Huxley

Le jeune Archimède

précédé de

Les Claxton

Traduit de l'anglais
par Brigitte Veraldi

La Table Ronde

Ces nouvelles sont extraites du recueil *Le sourire de la Joconde et autres très courts romans* (Folio n° 1291).

Né le 26 juillet 1894 dans le Surrey au sud-est de l'Angleterre, Aldous Huxley appartient à une famille de scientifiques et d'intellectuels de renom : son grand-père, Thomas Henry Huxley, est un célèbre biologiste, son père, Leonard, écrivain et herboriste, dirige la *Cornhill Review*, et son frère Julian sera le premier directeur de l'Unesco. De santé fragile, le jeune Aldous est un enfant précoce et brillant. Il perd la même année sa mère et sa sœur. Étudiant à Eton, il est atteint à l'âge de seize ans d'une infection de la rétine qui le rend presque aveugle. Cette maladie est un événement déterminant. À peine rétabli, il commence à écrire et étudie la littérature au Balliol College d'Oxford. Il se lie alors avec D. H. Lawrence, Lytton Strachey et Bertrand Russell. Déclaré inapte en 1914 à cause de sa vue, il est employé à des tâches administratives au ministère de l'Air. Il se tourne ensuite vers le journalisme et la critique d'art, voyage beaucoup et épouse en 1919 une jeune Belge, Maria Nys, qui lui donne un fils. Son plus célèbre roman, *Le meilleur des mondes*, chef-d'œuvre de la littérature d'anticipation, paraît en 1932. En 1937, la famille Huxley s'installe à Hollywood où l'écrivain devient scénariste (on lui doit notamment l'adaptation d'*Orgueil et préjugés* en 1940). Végétarien, adepte du yoga, il publie *La fin et les moyens*, une « enquête sur la nature des idéals et sur les méthodes employées pour leur réalisation », puis *La philosophie éternelle*. À la fin de la Seconde Guerre mondiale, il découvre la méthode du docteur W. H. Bates, une méthode de rééducation visuelle, et en quelques mois peut lire sans lunettes ! À titre scientifique et sous contrôle médical, il essaie le LSD, la mescaline ; son expérience des drogues psychédéliques lui inspire deux livres, *Les portes de la perception* et *Le ciel et l'enfer.* À la mort de sa femme, il épouse Laura Archera qui écrira une biographie de l'écrivain. Il meurt à Los Angeles le 22 novembre 1963, jour de l'assassinat de John Kennedy. Il est incinéré et enterré dans le caveau de sa famille en Angleterre.

Auteur de près de cinquante livres, Aldous Huxley s'est imposé à la fois comme écrivain et comme l'un des grands penseurs du XXe siècle. Il a laissé une œuvre qui allie profondeur mystique, humour et sens de la formule.

Découvrez, lisez ou relisez les livres d'Aldous Huxley :

LE SOURIRE DE LA JOCONDE (Folio n° 1291)

Les Claxton

Dans leur petit pavillon de banlieue, les Claxton menaient une vie de la plus haute spiritualité. Même le chat était végétarien — du moins officiellement —, même le chat. Ce qui rendait la conduite de la petite Sylvia réellement inexcusable. Car la petite Sylvia était un être humain de six ans, alors que Pussy n'était qu'un animal de quatre ans. Si Pussy pouvait se contenter de légumes, de lait et, comme gâterie, d'un morceau de beurre de cacahuète, lui qui avait du sang de tigre, Sylvia pouvait sûrement s'abstenir de manger du bacon en cachette. Surtout chez quelqu'un d'autre. Qu'il fût arrivé sous le toit de Judith rendait l'incident particulièrement pénible pour les Claxton. C'était leur premier jour chez Judith depuis leur mariage. Martha Claxton avait un peu peur de sa sœur, de sa langue acérée, de son rire, de son irrévérence mordante. Et, de l'aveu même de son mari, elle était assez jalouse du mari de Judith. Les livres de Jack Bamborough étaient non seulement appréciés mais ils se vendaient bien. Alors que le pauvre Herbert... « L'art de Herbert est trop *intérieur* », expliquait sa femme, « trop spirituel pour être compris de la plupart des gens. » Le succès de Jack Bamborough l'irritait ; il était trop complet. Elle aurait supporté qu'il gagne beaucoup d'argent avec une critique méprisante ; ou que les critiques l'approuvent et qu'il ne fasse pas un sou. Mais recevoir les louanges *et* un revenu confortable — c'était trop. On n'avait pas le droit de gagner comme ça sur les deux tableaux, alors que le pauvre Herbert ne vendait jamais rien et était parfaitement ignoré. Elle avait pourtant fini par accepter l'invitation souvent renouvelée de Judith. Après tout, on doit aimer sa sœur et le mari de sa sœur. Et puis, les cheminées du pavillon avaient besoin d'être ramonées et il fallait réparer les gouttières du toit. L'invitation de Judith était arrivée à propos. Martha l'avait acceptée. Et alors Sylvia fit cette chose vraiment inexcusable. Descendue déjeuner avant les autres, elle avait volé dans le plat une tranche du bacon avec lequel son oncle et sa tante commençaient leur journée impure. L'arrivée de sa mère l'empêchant de la manger, elle dut la cacher dans un tiroir du cabinet italien en marqueterie : une petite mare de graisse laissa un indice éloquent du crime. La journée s'écoula ; mais Sylvia ne trouva pas l'occasion de consommer son forfait. Ce ne fut que le soir, tandis qu'on donnait un bain à son petit frère Paul, qu'elle réussit à récupérer la tranche de bacon, maintenant sèche et figée. Avec une hâte coupable, elle se précipita dans sa chambre et la cacha sous son oreiller. Quand la lumière fut éteinte, elle la mangea. Le lendemain, les taches de graisse et un bout de couenne grignotée la trahirent. Judith ne pouvait plus s'arrêter de rire.

« C'est comme le Jardin d'Éden », hoqueta-t-elle entre deux explosions de joie. « Le Cochon de la Connaissance du Bien et du Mal. Mais si vous entourez le bacon de mystère et d'impératifs catégoriques, que peux-tu attendre, ma pauvre Martha ? »

Martha continua de sourire avec son expression habituelle de douce et tolérante mansuétude. Mais, intérieurement, elle était furieuse ; cette enfant les avait tous ridiculisés devant Judith et Jack. Elle aurait eu envie de lui donner une bonne fessée. Au lieu de quoi — car il ne faut jamais brutaliser un enfant, il ne faut jamais leur montrer qu'on est énervé — elle raisonna avec Sylvia, elle donna des explications, elle en appela, sur un ton plus triste que fâché, à ses bons sentiments.

« Ton papa et moi nous trouvons que ce n'est pas bien de faire souffrir les animaux quand nous pouvons manger des légumes qui ne sentent rien. »

« Comment savez-vous qu'ils ne sentent rien ? » lança Sylvia avec malice. Son visage était enlaidi de mauvaise humeur et de dépit.

« Nous pensons que ce n'est pas bien, ma chérie », reprit Mrs Claxton, ignorant l'interruption. « Et je suis sûre que tu ne trouverais pas cela bien non plus si tu comprenais. Pense un peu, mon trésor ; pour faire ce bacon, il a fallu tuer un pauvre petit cochon. *Tuer*, Sylvia. Pense à ça. Un pauvre petit cochon innocent qui n'avait fait de mal à personne. »

« Mais je déteste les cochons », hurla Sylvia. De buté, son air devint soudain féroce ; ses yeux, jusque-là fixes et chargés d'une sourde rancune, brillèrent. « Je les déteste, déteste, *déteste.* »

« Tu as bien raison », dit tante Judith, qui avait inopportunément apparu en plein milieu du sermon. « Tu as raison. Les cochons *sont* dégoûtants. C'est pourquoi on les appelle cochons. »

Martha était contente de retrouver leur petite maison et la belle vie qu'ils y menaient, heureuse d'échapper au rire irrévérencieux de Judith et au reproche permanent qu'était le succès de Jack. Dans le pavillon de banlieue, elle régnait, elle était maîtresse des destinées familiales. Aux amis qui leur rendaient visite, elle aimait dire, avec ce sourire qui lui était particulier : « J'ai le sentiment que, à notre manière et à une minuscule échelle, nous avons bâti Jérusalem dans la verte et plaisante Angleterre. »

C'était l'arrière-grand-père de Martha qui avait fondé la brasserie. *Postgate's Entire* était un mot bien connu dans le Cheshire et le Derbyshire. La part de la fortune familiale qui revenait à Martha lui rapportait de quoi vivre. La spiritualité et le désintéressement des Claxton étaient les fleurs d'une plante économique dont les racines baignaient dans la bière. N'eût été la soif des ouvriers britanniques, Herbert aurait été contraint d'employer son temps et son énergie non pas à vivre avec beauté mais à agir avec profit. La bière et le fait qu'il avait épousé Martha lui permettaient de cultiver les arts et religions, de se singulariser dans ce monde grossier comme apôtre de l'idéalisme.

« C'est ce qu'on appelle la division du travail », disait Judith en riant. « D'autres gens boivent. Martha et moi pensons. Ou, du moins, nous pensons que nous pensons. »

Herbert était l'un de ces hommes qui ne se promènent jamais sans un sac à dos. Même dans Bond Street, les rares fois qu'il allait à Londres, Herbert avait l'air de se préparer à escalader le mont Blanc. Le rucksack est un insigne de spiritualité. Pour le Teuton ou l'Anglo-Saxon moderne, pur de cœur et d'esprit élevé, le scandale du rucksack est ce que fut pour les franciscains le scandale de la croix. Lorsque Herbert passait, avec ses longues jambes et ses knickerbockers, sa barbe blonde voltigeant autour du visage, son rucksack débordant des poireaux et des choux nécessaires pour nourrir une famille strictement herbivore, les gamins des rues le huaient, les midinettes s'étranglaient de rire. Herbert les ignorait, ou souriait à travers sa barbe avec miséricorde et d'un air de bonne humeur appliqué. Nous avons tous nos rucksacks à porter. Herbert portait le sien non seulement avec résignation, mais hardiment, avec provocation et insolence, à la face des hommes ; et, avec le rucksack, les autres symboles de la différence, de la séparation d'avec l'humanité vulgaire — la barbe, les knickerbockers, la chemise à la Byron. Il était fier de sa différence.

« Oh, je sais que vous nous trouvez ridicules », disait-il à ses amis du monde matérialiste, « je sais que vous vous moquez de nous et nous prenez pour une bande de cinglés. »

« Mais pas du tout, pas du tout », mentaient poliment les amis.

« Pourtant, s'il n'y avait pas eu les cinglés », poursuivait Herbert, « où en seriez-vous maintenant ? Que feriez-vous ? Vous seriez en train de battre les enfants, de torturer les animaux, de pendre les gens pour avoir volé un shilling, et de commettre toutes les autres horreurs que l'on commettait au bon vieux temps. »

Il était fier, fier ; il se savait supérieur. Et Martha aussi. En dépit de son magnifique sourire chrétien, elle aussi était certaine de sa supériorité. Ce sourire — c'était la garantie de sa qualité spirituelle. Version plus bienveillante du sourire de la Joconde, il lui maintenait les lèvres, qu'elle avait minces et exsangues, chroniquement incurvées en une expression de douce et miséricordieuse charité ; il recouvrait la morosité naturelle de son visage d'une sorte de douceur incongrue. C'était le produit de longues années d'abnégation volontaire, d'aspirations obstinées à l'élévation, d'un amour conscient et déterminé pour l'humanité et pour ses ennemis. (D'ailleurs, les termes étaient au fond identiques ; l'humanité, quoique bien sûr elle ne l'admît pas, *était* son ennemie. Elle la sentait hostile et, donc, l'aimait, consciemment et consciencieusement ; l'aimait parce qu'en réalité elle l'exécrait.)

À la longue, l'habitude avait inaltérablement fixé le sourire sur son visage. Il y brillait en permanence, comme les phares d'une voiture allumés par étourderie et qu'on laisse brûler sans nécessité en plein jour. Même lorsqu'elle était déconcertée ou franchement en colère, même lorsqu'elle luttait avec une obstination animale pour imposer sa volonté, le sourire persistait. Encadré par les coques préraphaéliques de ses cheveux bruns ternes, son visage aux traits un peu lourds et épais, d'une pâleur malsaine, brillait toujours incongrûment d'un amour miséricordieux pour toute l'humanité haïssable et hostile ; seuls les yeux gris révélaient quelque trace des émotions que Martha réprimait si soigneusement.

C'étaient son arrière-grand-père et son grand-père qui avaient bâti la fortune familiale. De naissance et d'éducation, son père était déjà le type du propriétaire terrien. La brasserie n'était qu'un arrière-plan vague mais profitable à des activités plus distinguées de sportif, d'agriculteur, d'éleveur de chevaux et d'amateur de rhododendrons, de membre du Parlement et des meilleurs clubs de Londres.

La quatrième génération était évidemment mûre pour l'Art et la Pensée Supérieure. Dûment, ponctuellement, l'adolescente Martha découvrit William Morris et Annie Besant, Tolstoï, Rodin, la Danse Folklorique et Lao-tseu. Obstinément, de toute la force de sa tenace volonté, elle se voua à la conquête de la spiritualité, au siège et à la capture du Supérieur. Et tout aussi ponctuellement que sa sœur, l'adolescente Judith découvrit la littérature française et éprouva un léger enthousiasme (car il était dans sa nature d'être légère et gaie) pour Manet et Daumier, puis, en temps voulu, pour Matisse et Cézanne. À long terme, la brasserie mène presque infailliblement à l'impressionnisme, à la théosophie ou au communisme. Mais d'autres voies conduisent aux sommets de la spiritualité ; c'était l'une d'elles que Herbert avait empruntée. Point de brasseurs parmi les ancêtres de Herbert. Il venait d'une couche plus humble, ou du moins plus pauvre, de la société. Son père tenait un magasin de tissus à Nantwich. Mr Claxton était un homme maigre et débile, qui avait le goût de la discussion et des oignons au vinaigre. Une mauvaise digestion lui avait gâté le caractère, et un sentiment d'infériorité chronique avait fait de lui un révolutionnaire et un tyran domestique. À ses moments de loisir, il lisait les maîtres du socialisme et de l'incroyance, et il querellait sa femme, qui se réfugiait dans la piété non conformiste. Herbert était un petit garçon intelligent, avec le don de passer les examens.

Il réussissait bien à l'école. Ils étaient très fiers de lui à la maison, car il était enfant unique.

« Rappelez-vous mes paroles », prophétisait son père, pendant le quart d'heure de béatitude qui séparait la fin de son dîner et le commencement de sa dyspepsie, « ce garçon fera quelque chose de remarquable. »

Quelques minutes plus tard, avec les premières brûlures de l'indigestion, il l'injuriait, le rudoyait et l'expédiait dehors.

Peu doué pour les sports, Herbert se vengeait de ses rivaux plus athlétiques en lisant. Les après-midi passés à la bibliothèque publique au lieu du terrain de football, ou chez lui, avec un des livres révolutionnaires de son père, étaient l'origine de sa différence et de sa supériorité. C'était, lorsque Martha fit sa connaissance, une différence politique, une supériorité anti-chrétienne. Sa supériorité à elle était surtout artistique et spirituelle. La personnalité de Martha était la plus forte ; bientôt, l'intérêt de Herbert pour le socialisme fut subordonné à son intérêt pour l'art, son anticléricalisme se teinta de religiosité orientale. C'était aisément prévisible.

Ce qui n'était pas prévisible était qu'ils se soient mariés, qu'ils se soient même rencontrés. Il n'est pas facile pour des enfants de brasseurs possédant des terres et de drapiers possédant des boutiques de se rencontrer et de se marier.

Les danses folkloriques à la William Morris accomplirent le miracle. Ils se réunissaient dans un jardin des faubourgs de Nantwich où Mr Winslow, le conférencier de l'université populaire, présidait aux gesticulations solennelles de tout ce que la jeunesse de l'est du Cheshire comptait de mieux dans le genre intellectuel. À ce jardin faubourien, Martha se rendait en voiture depuis la campagne, Herbert à bicyclette depuis la Grand-Rue. Ils se rencontrèrent ; l'amour fit le reste.

À l'époque, Martha avait vingt-quatre ans et, dans son style lourd et pâle, n'était pas sans beauté. Herbert avait un an de plus ; c'était un jeune homme grand, d'une étroitesse de corps disproportionnée, avec un visage aux traits marqués et aquilins, pourtant singulièrement doux (« un mouton sous le plumage de l'aigle », l'avait une fois décrit Judith), et des cheveux très blonds. En ce temps-là, il n'avait pas de barbe. La nécessité économique l'empêchait encore d'afficher sa différence et sa supériorité. Dans les bureaux du commissaire-priseur chez qui Herbert était employé, une barbe aurait été aussi inadmissible que des knickerbockers, une chemise à col ouvert et ce symbole extérieur et visible de grâce intérieure, le rucksack. Pour Herbert, ces choses ne devinrent possibles que lorsque son mariage et les revenus annuels de Martha l'eurent élevé au-dessus du jeu inéluctable des lois économiques. Aux jours de Nantwich, tout ce qu'il pouvait se permettre était une cravate rouge et quelques opinions personnelles.

C'est Martha qui fit la plupart des avances. Avec une passion butée, presque effrayante dans son intense obstination, elle l'adorait — son corps frêle, ses mains délicates aux longs doigts, le visage aquilin avec son air affecté de distinction et d'intelligence, tout de lui, tout. « Il a lu William Morris et Tolstoï », écrivit-elle dans son journal, « il est l'une des très rares personnes que j'ai rencontrées qui se sentent *responsables* des choses. Tous les autres sont si terriblement frivoles, égoïstes, indifférents. Comme Néron jouant du violon pendant que Rome brûle. Il n'est pas comme ça. Il est conscient, il est lucide, il accepte le fardeau. Voilà pourquoi je l'aime. » C'était pourquoi, en tout cas, elle pensait qu'elle l'aimait. Mais sa passion était en réalité physique, pour le corps de Herbert Claxton. Lourdement, comme un nuage noir chargé d'orage, elle planait sur lui avec une sorte de menace, prête à lancer les éclairs de la passion et de la volonté tyrannique. Herbert se chargea d'un peu de cette électricité passionnelle qu'il avait déclenchée. Parce qu'elle l'aimait, il l'aima en retour. Sa vanité aussi était flattée ; il ne méprisait qu'en théorie les distinctions de classe et de fortune.

Les brasseurs furent horrifiés lorsque Martha leur annonça son intention d'épouser un fils de petit commerçant. Leurs objections ne firent qu'intensifier l'obstination tenace de Martha. Même si elle ne l'avait pas aimé, elle l'aurait épousé par principe, simplement parce qu'il était fils de drapier et que toutes ces histoires de classe étaient une absurdité. En outre, Herbert avait du talent. Lequel, c'était assez difficile à préciser. Mais quels que fussent ces dons, ils étaient étouffés dans un bureau de commissaire-priseur. L'indépendance financière leur donnerait de l'essor. C'était pratiquement un devoir de l'épouser.

« Un homme est un homme — parce que c'est ainsi », dit-elle à son père, lui citant son poète favori dans l'espoir de l'amadouer ; quant à elle, elle trouvait Burns trop grossier et terre à terre.

« Et un mouton est un mouton », répliqua Mr Postgate, « et un cloporte est un cloporte — parce que c'est ainsi. »

Martha rougit de fureur et s'en alla sans un mot de plus. Trois semaines après, elle conduisait un Herbert quasi passif à l'autel.

Sylvia avait maintenant six ans et donnait du fil à retordre ; le petit Paul, qui était grincheux et avait des végétations, allait sur ses cinq ans. Herbert, sous l'influence de sa femme, avait assez inopinément découvert que ses dons étaient en réalité artistiques ; il était devenu un peintre à la réputation établie d'incapacité incurable. À chaque confirmation de son insuccès, il étalait de manière toujours provocante le scandale du rucksack, les scandales des knickerbockers et de la barbe. Tandis que Martha parlait de l'intériorité de l'art de

Herbert. Ils se persuadaient que seule leur supériorité s'opposait à ce que l'on reconnût leurs mérites. L'insuccès de Herbert était même une preuve (quoique peut-être pas la plus satisfaisante) de cette supériorité.

« Mais le temps de Herbert viendra », affirmait Martha prophétiquement. « Il *doit* venir. »

En attendant, le petit pavillon du Surrey débordait de toiles invendues. Elles étaient de caractère allégorique, peintes de façon très plate, dans le style indien primitif tempéré, chaque fois que les modèles orientaux s'égaraient vers des seins trop luxuriants, des tailles de guêpe, des hanches aux courbes de lune, par la respectabilité morne de Puvis de Chavannes.

« Et je vous en prie, Herbert » — avait dit Judith, pendant qu'ils attendaient sur le quai le train qui allait les ramener à leur petite maison —, « je vous en supplie : essayez d'être un peu plus *indécent* dans vos tableaux. Vous êtes d'une pureté choquante. Vous ne savez pas comme vous me rendriez heureuse en étant pour une fois réellement obscène. »

C'était un soulagement, pensait Martha, d'être soustrait à ce genre de réflexion. Judith était vraiment trop… Elle sourit, en faisant un dernier adieu de la main.

« N'est-ce pas merveilleux de revenir dans notre chère petite maison ! » s'écria-t-elle, tandis que le taxi cahotait dans le sentier qui menait à la porte du jardin. « N'est-ce pas merveilleux ? »

« Merveilleux ! » dit Herbert, faisant écho avec discipline à l'enthousiasme délibéré.

« Merveilleux ! » bafouilla le petit Paul à travers ses végétations. C'était un enfant facile, quand il ne pleurnichait pas. Il faisait et disait toujours ce que l'on attendait de lui.

À travers la vitre du taxi, Sylvia regardait d'un air critique la maison basse parmi les arbres. « Je trouve que la maison de tante Judith est plus belle », conclut-elle avec conviction.

Martha braqua sur elle la douce lumière de son sourire. « La maison de tante Judith est plus grande et beaucoup plus luxueuse. Mais c'est notre Maison, mon trésor. Notre Chez-Nous. »

« Tout de même », s'entêta Sylvia, « j'aime mieux la maison de tante Judith. »

Martha eut son sourire de mansuétude et hocha la tête. « Tu comprendras quand tu seras plus âgée », dit-elle. Quelle enfant étrange, difficile ! Pas comme Paul qui était si docile. Trop docile. Paul obéissait à la moindre suggestion, il prenait la couleur de l'environnement. Sylvia, au contraire, avait de la volonté. Paul ressemblait à son père. Martha retrouvait dans sa fille sa propre obstination, sa passion, sa ténacité. Si cette volonté pouvait être bien dirigée… Malheureusement, elle était si souvent hostile, résistante, contrariante. Martha pensa à cet incident déplorable quelques mois plus tôt, quand

Sylvia, furieuse qu'on ne lui permette pas de faire quelque chose qu'elle voulait, avait craché au visage de son père. Herbert et Martha avaient décidé qu'il fallait la punir. Mais comment ? Pas en la battant, bien sûr ; la fessée était hors de question. Il était important que l'enfant comprenne la méchanceté de son acte. Ils conclurent finalement que la meilleure chose serait que Herbert lui parle très sérieusement (mais très doucement, cela va sans dire) et qu'on lui laisse choisir elle-même sa punition. S'en remettre à la conscience de l'enfant. Cela semblait une excellente idée.

« Je veux te raconter une histoire, Sylvia », dit Herbert, le soir, prenant l'enfant sur ses genoux. « L'histoire d'une petite fille qui avait un papa qui l'aimait beaucoup, beaucoup. » Sylvia le regarda, soupçonneuse, mais sans mot dire. « Et un jour, cette petite fille, qui parfois ne réfléchissait pas, bien qu'elle ne fût pas vraiment méchante, je crois, faisait quelque chose qu'il n'était pas bien ou bon pour elle de faire. Et son papa lui dit qu'il ne fallait pas. Et que crois-tu que fit la petite fille ? Elle cracha à la figure de son papa. Et son papa fut très, très triste. Parce que sa petite fille avait tort, n'est-ce pas ? » Sylvia approuva d'un bref signe de tête méfiant. « Et quand on a fait quelque chose de mal, on doit être puni, n'est-ce pas ? » L'enfant fit oui de nouveau. Herbert était satisfait ; ses mots avaient porté. Par-dessus la tête de sa fille, il échangea un regard avec Martha. « Si tu avais été ce papa », continua-t-il, « et que la petite fille que tu aimais tellement t'ait craché à la figure, qu'aurais-tu fait Sylvia ? »

« J'aurais craché aussi », répondit férocement Sylvia, sans la moindre hésitation.

Au souvenir de cette scène, Martha soupira. Sylvia était difficile, Sylvia était décidément un problème. Le taxi s'arrêta à la porte ; les Claxton débarquèrent avec leurs bagages. Le chauffeur, qui avait reçu un pourboire insuffisant, fit la scène habituelle. Portant son rucksack, Herbert s'en alla avec une dignité patiente. Il était habitué à ce martyre chronique. C'était toujours à lui de payer. Martha fournissait seulement l'argent. Mais avec quelle répugnance extrême et régulièrement croissante ! Il était toujours coincé entre les petits pourboires et l'avarice de sa femme.

« Une course de six kilomètres et vingt sous de pourboire ! » criait le chauffeur vers le rucksack en retraite.

Martha rechignait même aux vingt sous. Mais les conventions exigeaient que l'on donne quelque chose. Les conventions sont stupides ; les Enfants de l'Esprit eux-mêmes doivent cependant accepter le compromis avec le Monde. Martha voulait bien transiger avec le Monde jusqu'à cette somme. Pas davantage. Herbert savait qu'elle aurait été furieuse s'il avait donné plus. Pas ouvertement, certes ; ni explicitement. Elle ne perdait jamais en apparence son calme ou son sourire. Mais sa charitable désapprobation aurait pesé lourd pendant quelque temps. Durant des jours, elle aurait trouvé des excuses pour économiser, afin de compenser la folle extravagance d'un pourboire normal. Ses économies portaient principalement sur la nourriture et leur justification était toujours d'ordre spirituel. Manger était grossier ; un niveau de vie élevé était incompatible avec des pensées élevées ; il était affreux de penser aux pauvres affamés pendant que l'on vivait soi-même dans une gloutonnerie éhontée. Il y aurait une réduction de beurre et des cacahuètes, des légumes les plus mangeables et des meilleurs fruits. Les repas allaient être de plus en plus exclusivement composés de porridge, de pommes de terre, de choux et de pain. Ce n'est que lorsque l'extravagance originelle aurait été compensée plusieurs centaines de fois que Martha relâcherait son ascétisme. Herbert ne se risquait jamais à se plaindre. Après l'une de ces périodes de vie simple, il évitait longtemps et très soigneusement d'autres écarts, même quand, comme dans ce cas-là, ses parcimonies l'entraînaient dans un conflit pénible et humiliant avec ceux qui en étaient victimes.

« La prochaine fois », hurlait le chauffeur de taxi, « je compterai un supplément pour la barbe. »

Herbert franchit le seuil et ferma la porte. Il était sauf ! Il enleva son rucksack et le déposa avec soin sur une chaise. Brute grossière, vulgaire ! Mais il s'en était tout de même sorti avec vingt sous. Martha n'aurait pas de raison de se plaindre, ni de restreindre les petits pois et les haricots. À sa façon modeste et spirituelle, Herbert aimait beaucoup la nourriture. Martha aussi — farouchement et violemment. C'était pourquoi elle était devenue végétarienne, pourquoi elle faisait toujours des économies aux dépens de son estomac, précisément parce qu'elle aimait la nourriture. Elle souffrait lorsqu'elle se privait d'un bon morceau. Mais, en un sens, elle préférait sa souffrance au bon morceau. En se privant, elle sentait tout son être rayonner de puissance ; en souffrant, elle était fortifiée, sa volonté se retendait, son énergie était exaltée. Les instincts réprimés, derrière le barrage de la mortification volontaire, accumulaient des potentiels d'énergie. Dans la lutte entre les instincts, l'amour du pouvoir était chez Martha généralement assez fort pour surclasser la gourmandise. Dans la hiérarchie des plaisirs, la joie d'imposer consciemment sa volonté personnelle était plus intense que la joie de manger même du rahat-loukoum ou des fraises à la crème. Pas toujours, cependant ; car il y avait des moments où, submergée d'un désir soudain et irrésistible, Martha achetait et, en un seul jour, dévorait secrètement une livre de chocolats fourrés, se jetant sur les sucreries avec la même violence lourde qui avait caractérisé le début de sa passion pour Herbert. Avec le temps et le déclin, après la naissance des deux enfants, de sa passion physique pour son mari, les orgies de chocolats devenaient plus fréquentes. Comme si son énergie vitale était contrainte, à défaut de l'exutoire sexuel, de s'épancher dans la gloutonnerie. Après une de ces orgies, Martha avait toujours tendance à se montrer plus stricte que d'habitude dans sa spiritualité ascétique.

Trois semaines après le retour des Claxton dans leur petit pavillon, la Guerre éclata.

« Cela a changé la plupart des gens », fit observer Judith au cours de la troisième année, « certains sont transformés au point qu'on ne les reconnaît plus. Pas Herbert et Martha. Cela n'a fait que les rendre plus… plus semblables à eux-mêmes que jamais. Curieux. » Elle hocha la tête. « Très curieux. »

En réalité, ce n'était pas curieux du tout ; c'était inévitable. La Guerre ne pouvait qu'intensifier tout ce qui faisait le caractère propre de Herbert et de Martha. Elle augmentait leur sentiment de supériorité distante en les éloignant encore plus de la masse commune. Car, tandis que les gens ordinaires croyaient en la Guerre, combattaient ou travaillaient pour la gagner, Herbert et Martha désapprouvaient totalement et, pour des motifs en partie bouddhistes, en partie internationaux-socialistes, en partie tolstoïens, refusaient la moindre participation à l'ignominie. Au milieu de la folie universelle, ils étaient presque seuls à rester sains d'esprit. Et leur supériorité fut prouvée, consacrée par la persécution. La désapprobation spontanée fut suivie, une fois la loi de conscription en vigueur, par la répression officielle. Herbert plaida l'objection de conscience. On l'envoya travailler la terre dans le Dorset et on en fit un martyr, un être différent, moralement supérieur. L'acte brutal du ministère de la Guerre l'avait définitivement élevé au-dessus de l'humanité vulgaire. Martha partageait indirectement cette promotion. Mais ce qui stimulait le plus puissamment sa spiritualité n'était pas tant la persécution que l'instabilité financière, la hausse des prix du temps de guerre. Dans les premières semaines de confusion, elle avait été saisie de panique ; elle se figurait que tout son argent était perdu ; elle se voyait avec Herbert et les enfants affamés et sans toit, mendiant de porte en porte. Elle renvoya immédiatement les deux domestiques ; elle réduisit la nourriture de la famille à une ration de prisonnier. Le temps passa et son argent rentra comme d'habitude. Mais Martha était si ravie des économies ainsi réalisées qu'elle ne voulut pas revenir à l'ancien mode de vie.

« Après tout », expliquait-elle, « il n'est pas agréable d'avoir des étrangers à la maison pour se faire servir. Et puis, pourquoi doivent-ils nous servir ? Ils valent autant que nous. » C'était un tribut hypocrite à la doctrine chrétienne ; bien entendu, ils étaient incommensurablement inférieurs. « Simplement parce que nous pouvons les payer — ce serait pourquoi ils doivent nous servir ? Je m'en suis toujours sentie gênée et honteuse. Pas toi, Herbert ? »

« Toujours », disait Herbert, qui était toujours d'accord avec sa femme.

« En outre, je trouve que l'on doit faire son propre travail. On ne devrait pas perdre contact avec les humbles réalités de la vie. Je me sens vraiment plus heureuse depuis que je fais le ménage. Pas toi ? »

Herbert approuvait.

« Et ça fait tant de bien aux enfants. Cela leur apprend à être humbles et à rendre service… »

Se passer de domestiques représentait une économie de cent cinquante livres par an. Mais les économies sur la nourriture furent vite compensées par le résultat de la pénurie et de l'inflation. À chaque hausse de prix, l'enthousiasme de Martha pour l'ascétisme se faisait plus fervent. Et aussi, sa conviction que les enfants seraient gâtés, corrompus si elle les envoyait dans des pensions chères. « Herbert et moi croyons très profondément en l'éducation à la maison, n'est-ce pas Herbert ? » Et Herbert exprimait très fermement son accord. Sans gouvernante, insistait Martha. Pourquoi laisser des étrangers influencer ses enfants ? Peut-être en mal. De toute façon, pas exactement de la manière dont on les influencerait soi-même. Les gens engagent des gouvernantes parce qu'ils redoutent la rude tâche qu'est l'éducation des enfants. Et bien sûr, c'est une rude tâche — d'autant plus rude que l'idéal est plus élevé. Mais ne vaut-il pas la peine de faire des sacrifices pour ses enfants ? À cette édifiante question, le sourire de Martha était encore plus béatifique que d'habitude. Bien sûr cela en vaut la peine. La tâche est une joie perpétuelle — n'est-ce pas, Herbert ? Car que peut-il y avoir de plus exaltant, de plus profondément satisfaisant que d'aider ses propres enfants à grandir dans la beauté, de les guider, de façonner leurs personnalités en formes idéales, de montrer à leurs pensées et à leurs désirs les voies les plus nobles ? Non pas, évidemment, par un quelconque système de contrainte ; il ne faut jamais forcer les enfants ; tout l'art de l'éducation est de persuader aux enfants de se modeler selon les plus hautes valeurs, de leur montrer comment être eux-mêmes les créateurs de leur moi, de les enflammer d'enthousiasme pour ce que Martha appelait avec bonheur « l'auto-sculpture ».

Avec Sylvia, sa mère devait le reconnaître, cette forme d'éducation était difficile à pratiquer. Sylvia ne voulait pas se sculpter, en tout cas pas dans les formes que Herbert et Martha trouvaient belles. Elle manquait à un point décourageant de ce sens de la beauté morale sur lequel reposait toute l'éducation des Claxton. C'était laid, lui disaient-ils, d'être désagréable, de désobéir, d'être malpolie et de mentir. C'était beau d'être douce, polie, obéissante et de dire la vérité. « Mais ça m'est égal d'être laide », ripostait Sylvia. Une seule réponse était possible : la fessée ; mais les fessées étaient contre les principes des Claxton.

La beauté esthétique et intellectuelle n'avait pas l'air d'attirer davantage la petite Sylvia. Que de difficultés ils avaient pour qu'elle s'intéresse au piano ! C'était d'autant plus extraordinaire, selon sa mère, que Sylvia était manifestement douée pour la musique ; à deux ans et demi elle chantait déjà *Au clair de la lune.* Mais elle refusait d'apprendre ses gammes. Sa mère lui avait raconté l'histoire d'un merveilleux petit garçon appelé Mozart. Sylvia haïssait Mozart. « Non, non ! » hurlait-elle chaque fois que sa mère prononçait le nom détesté. « Je ne veux pas entendre. » Et pour en être bien sûre, elle se bouchait les oreilles. Néanmoins, à neuf ans elle était capable de jouer *Le gai laboureur* du début jusqu'à la fin, sans faute. Martha conservait l'espoir d'en faire la musicienne de la famille. Quant à Paul, c'était le futur Giotto ; on avait décrété qu'il avait hérité du talent de son père. Il acceptait sa carrière aussi docilement qu'il avait consenti à apprendre ses lettres. Sylvia, au contraire, refusait carrément de lire.

« Mais pense donc », dit Martha d'un ton extatique, « comme ce sera *merveilleux* quand tu pourras ouvrir n'importe quel livre et lire toutes les *belles* choses que les gens ont écrites ! » Ses invites restèrent sans effet.

« J'aime mieux jouer », dit Sylvia avec obstination et avec cet air boudeur qui menaçait de devenir aussi chronique que le sourire de sa mère. Fidèles à leurs principes, Herbert et Martha la laissèrent jouer ; mais c'était pour eux un réel chagrin.

« Tu rends ton papa et ta maman si tristes », dirent-ils, tâchant de faire appel à ses meilleurs sentiments. « Tu nous fais tant de peine. Ne veux-tu pas essayer de lire pour nous faire plaisir ? » L'enfant leur opposa un visage malheureux et têtu, et secoua la tête. « Seulement pour nous faire plaisir », insistèrent-ils d'un ton câlin. « Tu nous fais *tant* de peine. » Sylvia considéra l'une après l'autre leurs figures éplorées et fondit en larmes.

« Méchants », sanglota-t-elle. « Méchants. Allez-vous-en. » Elle les haïssait d'être tristes, de la rendre triste. « Non, allez-vous-en, allez-vous-en », hurla-t-elle lorsqu'ils essayèrent de la consoler. Elle pleura à s'en rendre malade ; mais elle refusa toujours de lire.

À l'inverse, Paul était parfaitement docile et malléable. Lentement (car, à cause de ses végétations, il n'était pas très intelligent), mais avec toute la docilité désirable, il apprit à lire *Jeannot lapin mange sans pain* et autres historiettes. « Vois comme Paul lit bien », disait Martha dans l'espoir de stimuler Sylvia. Mais Sylvia se contentait de sortir de la pièce, l'air méprisant. Finalement, elle apprit à lire toute seule, secrètement, en quinze jours. La fierté de ses parents devant cet exploit se modéra lorsqu'ils découvrirent les motifs qui l'avaient poussée à cet effort extraordinaire.

« Qu'est-ce que cet horrible petit livre ? » demanda Martha, brandissant un exemplaire de *Nick Carter et les assassins du Michigan Boulevard* qu'elle avait trouvé soigneusement caché dans les habits d'hiver de Sylvia. Sur la couverture, un homme était précipité par un gorille du toit d'un gratte-ciel.

La petite fille le lui arracha des mains. « C'est un joli livre », riposta-t-elle, rouge d'une colère intensifiée par le sentiment qu'elle avait d'être coupable.

« Chérie », dit Martha, un magnifique sourire masquant sa contrariété, « tu ne dois pas arracher les choses comme cela. C'est *laid* d'arracher. » « Ça m'est égal. » « Laisse-moi voir, s'il te plaît. » Martha tendit la main. Elle souriait, mais son visage pâle était résolu, ses yeux ordonnaient.

Sylvia lui fit front, secouant obstinément la tête. « Non, je ne veux pas. »

« S'il te plaît », répéta sa mère, plus miséricordieuse et plus autoritaire que jamais, « s'il te plaît. » À la fin, dans une soudaine explosion de pleurs de rage, Sylvia tendit le livre et s'enfuit dans le jardin. « Sylvia, Sylvia ! » appela sa mère. Mais l'enfant ne revenait pas. Assister à la violation de ses secrets par sa mère eût été insupportable.

Les végétations donnaient à Paul l'air d'un imbécile, et il l'était presque. Sans être une adepte de la *Christian Science*, Martha ne croyait pas aux médecins ; et elle était particulièrement hostile aux chirurgiens, sans doute parce qu'ils étaient si chers. Elle ne fit pas enlever les végétations de Paul ; elles se développèrent et s'enflammèrent. De novembre à mai, il eut rhume sur rhume, des maux de gorge et d'oreille. L'hiver de 1921 fut particulièrement mauvais. Il commença par avoir une grippe, qui dégénéra en pneumonie ; il attrapa la rougeole pendant sa convalescence ; puis, au Nouvel An, une infection de l'oreille moyenne menaça de le rendre définitivement sourd. Le médecin prescrivit catégoriquement l'opération, un traitement et une convalescence en Suisse, à la montagne et au soleil. Martha hésitait à suivre cet avis. Elle avait fini par être si fermement convaincue de sa pauvreté qu'elle ne voyait pas comment elle pouvait obéir au médecin. Perplexe, elle écrivit à Judith. Deux jours plus tard, Judith arrivait en personne.

« As-tu l'intention de tuer ton fils ? » demanda-t-elle avec véhémence à sa sœur. « Il y a des semaines qu'il aurait fallu le sortir de ce sale trou humide. »

En quelques heures, elle avait tout arrangé. Herbert et Martha devaient partir tout de suite avec Paul et voyager directement jusqu'à Lausanne en wagon-lit. « Un wagon-lit n'est peut-être pas nécessaire », objecta Martha. « Tu oublies » (avec son magnifique sourire) « que nous sommes des gens simples. » « Je me rappelle simplement que tu as un enfant malade avec toi », dit Judith, et le wagon-lit fut retenu. À Lausanne, on opérerait Paul. (Coûteux télégramme, réponse payée, à la clinique ; la pauvre Martha souffrait.) Puis, quand il serait suffisamment rétabli, il irait dans un sanatorium à Leysin. (Autre télégramme que, d'ailleurs, Judith paya. Martha oublia de la rembourser.) Pendant ce temps, Herbert et Martha trouveraient un bon hôtel, où Paul les rejoindrait sitôt le traitement achevé. Ils resteraient au moins six mois, un an de préférence. Sylvia habiterait avec son oncle et sa tante ; cela économiserait à Martha beaucoup d'argent. Judith essayerait de trouver un locataire pour le pavillon.

« On parle de sauvages », dit Judith à son mari. « Je n'ai jamais vu un petit cannibale comme Sylvia. »

« C'est ce qui arrive quand on a des parents végétariens, je suppose. »

« Pauvre petite ! » poursuivit Judith avec une pitié indignée. « Il y a des moments où je noierais volontiers Martha ; elle est si criminellement bête. Élever ces enfants sans jamais les laisser s'approcher d'autres enfants de leur âge ! C'est scandaleux ! Et leur parler de spiritualité, de Jésus, d'*ahimsa*, de beauté et de Dieu sait quoi ! Leur interdire les jeux stupides, et les obliger à être des artistes ! Et être toujours douce, même quand elle est furieuse ! C'est atroce, vraiment atroce ! Et si bête. Ne voit-elle pas que le meilleur moyen de faire d'un enfant un diable est d'essayer de l'élever comme un ange ? Enfin !... » Elle soupira et se tut, pensive ; elle n'avait pas d'enfants et, si les médecins avaient vu juste, elle n'en aurait jamais.

Les semaines passèrent et, graduellement, la petite sauvage se civilisa. Elle prit d'abord des leçons de modération. La nourriture qui, chez les Bamborough, était bonne et copieuse, fut au début une terrible tentation pour une enfant accoutumée aux austérités de la vie spirituelle.

« Il y en aura demain », disait Judith, quand l'enfant redemandait encore du pudding. « Tu n'es pas un serpent, figure-toi ; tu ne peux pas emmagasiner aujourd'hui un surplus de nourriture pour la semaine prochaine. Si tu manges trop, tu ne réussiras qu'à te rendre malade. »

Les premiers temps, Sylvia insistait, gémissait pour qu'on la resservît. Heureusement, comme le fit remarquer Judith à son mari, elle avait le foie délicat. Les prophéties de sa tante ne se réalisèrent que trop ponctuellement. Après trois ou quatre indigestions, Sylvia apprit à maîtriser sa gourmandise. La leçon suivante fut l'obéissance. Avec ses parents, elle obéissait lentement et à contrecœur. Par principe, Herbert et Martha n'ordonnaient jamais, ils suggéraient seulement. C'était un système qui forçait presque l'enfant à dire automatiquement non, à toutes les propositions qui lui étaient faites. « Non, non », commençait-elle régulièrement, puis elle consentait peu à peu à être persuadée, raisonnée, ou amenée par l'expression triste de ses parents à une soumission tardive et récalcitrante. Lorsqu'elle obéissait enfin, elle nourrissait une obscure rancune contre ceux qui ne l'avaient pas forcée à obéir immédiatement. Comme la plupart des enfants, elle aurait aimé qu'on lui retire la responsabilité de ses actes ; elle en voulait à son père et à sa mère de la forcer à dépenser tant de volonté pour leur résister, tant d'émotion douloureuse à se laisser en fin de compte vaincre. Cela aurait été tellement plus simple s'ils avaient insisté dès le début, s'ils l'avaient contrainte à obéir tout de suite et lui avaient ainsi épargné toute cette peine. Avec une sourde amertume, elle leur reprochait de faire constamment appel au meilleur d'elle-même. Ce n'était pas juste, vraiment pas juste. Ils n'avaient pas le droit de pardonner avec le sourire et de lui donner l'impression qu'elle était mauvaise, de la rendre triste en étant tristes eux-mêmes. Elle sentait qu'ils prenaient ainsi un cruel avantage sur elle. Et, perversement, simplement parce qu'elle les détestait d'être tristes, elle faisait exprès de dire et de faire les choses qui les désoleraient le plus. Un de ses trucs favoris consistait à les menacer « d'aller traverser la planche au-dessus de la vanne ». Entre l'étang calme et le ruisseau, l'eau tranquille devenait un instant terrible. Parquée dans un étroit chenal de briques suintantes, une cataracte s'écoulait avec fracas de six pieds de haut dans un bassin noir et tumultueux. C'était un endroit horrible. Que de fois ses parents l'avaient priée de ne pas jouer près de la vanne ! Sa menace les faisait redoubler de recommandations ; ils la suppliaient d'être raisonnable. « Non, je ne serai pas raisonnable », criait Sylvia en courant vers la vanne. Si, en fait, elle ne s'aventurait jamais à plus de cinq mètres de ce gouffre mugissant, c'était parce qu'elle avait encore plus peur pour elle que ses parents. Mais elle s'approchait aussi près qu'elle l'osait pour le plaisir (un plaisir qu'elle haïssait) d'entendre sa mère se lamenter d'avoir une petite fille si désobéissante, si égoïstement insouciante du danger. Elle essaya la même manœuvre avec tante Judith. « J'irai dans les bois toute seule », menaça-t-elle un jour de rébellion. À son immense surprise, au lieu de la supplier d'être raisonnable et de ne pas inquiéter les grandes personnes en recherchant le danger, Judith se contenta de hausser les épaules. « Sauve-toi donc, si tu veux faire la sotte », dit-elle sans lever les yeux de la lettre qu'elle écrivait. Indignée, Sylvia s'en alla ; mais elle était terrifiée d'être seule dans le grand bois. Seul l'orgueil la retint de rentrer tout de suite. Trempée, sale, couverte de larmes et d'égratignures, elle fut ramenée deux heures plus tard par un garde-chasse.

« Quelle chance », dit Judith à son mari, « quelle chance inouïe que cette petite imbécile se soit perdue ! »

L'ordre des choses luttait contre l'indiscipline de l'enfant. Mais Judith ne s'en remettait pas exclusivement à l'ordre des choses pour appliquer sa méthode ; elle avait ses propres sanctions. L'obéissance devait être prompte, sans quoi les représailles l'étaient aussi. Une fois, Sylvia réussit à provoquer chez sa tante une réelle colère. La scène lui fit une impression profonde. Une heure plus tard, elle se glissa timidement et humblement jusqu'à sa tante. « Pardon, tante Judith, pardon », et elle fondit en larmes. C'était la première fois qu'elle demandait pardon spontanément.

Les leçons qui profitèrent le plus à Sylvia furent celles qu'elle tira des autres enfants. Après un certain nombre d'expériences malheureuses et parfois douloureuses, elle apprit à jouer et à se conduire comme une égale parmi des égaux. Jusque-là, elle n'avait vécu qu'en état d'infériorité chronologique parmi les adultes, en guérilla permanente. Sa vie avait été un long *risorgimento* contre des Autrichiens pleins de mansuétude et de gentils Bourbons au sourire suave. Avec les petits Smith d'à côté et les petits Holmes d'en face, on lui demandait soudain de s'adapter à la démocratie et au gouvernement parlementaire. Il y eut des difficultés au début ; mais lorsque enfin la petite brigande eut appris la civilité, elle éprouva un bonheur qu'elle n'avait jamais connu. Les adultes exploitèrent la sociabilité des enfants à leurs propres fins. Judith mit sur pied une troupe de théâtre amateur ; il y eut une représentation du *Songe d'une nuit d'été* exécutée par les enfants. Mrs Holmes, qui était musicienne, canalisa leur enthousiasme pour le bruit en leur apprenant à chanter en chœur. Mrs Smith leur montra des danses folkloriques. En quelques mois, Sylvia avait acquis cette passion pour la vie supérieure que sa mère avait en vain tenté de cultiver en elle pendant des années. Elle aimait la poésie, elle aimait la musique, elle aimait la danse — plutôt platoniquement, il est vrai ; car Sylvia était l'un de ces êtres congénitalement gauches et esthétiquement insensibles, dont la passion pour l'art est destinée à demeurer toujours insatisfaite. Elle aimait avec ardeur, mais sans espoir ; non sans joie cependant car elle n'était pas encore consciente de ce que sa passion n'avait pas d'avenir. Elle aimait même l'arithmétique et la géographie, l'histoire d'Angleterre et la grammaire française, que Judith s'était débrouillée pour lui faire inculquer par la redoutable gouvernante des petits Smith, en même temps qu'à eux.

« Te rappelles-tu ce qu'elle était quand elle est arrivée ? » demanda un jour Judith à son mari.

Il hocha la tête, comparant la petite sauvage renfrognée d'il y avait neuf mois à l'enfant radieuse qui sortait de la pièce.

« J'ai l'impression d'être une dompteuse de lions », reprit Judith avec un petit rire qui cachait un grand amour et une grande fierté. « Mais que faut-il faire, Jack, quand le lion se toque de religion ? Dolly Smith se prépare à être confirmée et Sylvia a attrapé le virus. » Judith soupira. « Je suppose qu'elle croit déjà que nous sommes damnés tous les deux. »

« Elle serait damnée elle-même, si elle ne le pensait pas », répondit Jack avec philosophie. « Bien plus gravement, en outre, car elle serait damnée dans ce monde-ci. Sa personnalité ne serait pas complète, si elle ne croyait pas en ce genre de sornettes, à son âge. »

« Mais suppose », dit Judith, « qu'elle continue d'y croire ? »

Martha, pendant ce temps, n'avait pas aimé la Suisse, peut-être parce que, physiquement, elle lui convenait trop bien. Elle avait le sentiment que jouir d'une santé aussi parfaite avait quelque chose d'indécent. C'était difficile, quand on se sentait aussi débordant de vitalité animale, de se soucier beaucoup des souffrances de l'humanité et de Dieu, de Bouddha et de la vie spirituelle. Elle était irritée de l'insouciance égoïste et heureuse de son corps. Prenant périodiquement conscience qu'elle n'avait pensé à rien d'autre, des heures et des jours durant, qu'au plaisir d'être assise au soleil, de respirer l'air aromatique sous les pins, de marcher à travers les hautes prairies en cueillant des fleurs et en admirant la vue, elle déclenchait une campagne de spiritualité intensive. Mais, rapidement, le soleil et l'air vif reprenaient le dessus et elle retombait dans cet état honteux, irresponsable de pur bien-être.

« Je serai contente », répétait-elle, « quand Paul ira de nouveau bien et que nous rentrerons en Angleterre. »

Herbert l'approuvait. En partie par principe, parce que, résigné à son infériorité économique et morale, il l'approuvait toujours ; en partie parce que lui aussi, quoiqu'il ne se soit jamais aussi bien porté, il était spirituellement insatisfait de la Suisse. Dans un pays où tout le monde porte des knickerbockers, une chemise à col ouvert et un rucksack, il n'y avait plus ni supériorité, ni distinction à être ainsi accoutré. Le scandale du haut-de-forme aurait été à Leysin l'équivalent du scandale de la croix ; il se sentait d'une orthodoxie très commune.

Quinze mois après leur départ, les Claxton étaient de retour dans leur pavillon. Martha eut un rhume et un peu de lumbago ; privé d'exercice en montagne, Herbert était de nouveau la proie de son vieil ennemi, la constipation chronique. Ils débordaient de spiritualité.

Sylvia revint aussi à la maison. Pendant les premières semaines, c'était tante Judith par-ci, tante Judith par-là, chez tante Judith nous faisions comme ci, tante Judith ne me faisait jamais faire ça. Avec son sourire suave, mais au fond de soi une rancune inavouée, Martha disait : « Chérie, je ne suis pas tante Judith. » En fait, elle détestait sa sœur d'avoir réussi là où elle-même avait échoué. « Tu as fait des merveilles avec Sylvia », écrivit-elle à Judith. « Herbert et moi ne t'en serons jamais assez reconnaissants. » De même, dans la conversation avec des amis : « Nous ne lui serons jamais assez reconnaissants, n'est-ce pas Herbert ? » Ponctuellement, Herbert approuvait. Mais plus elle témoignait de reconnaissance à sa sœur, plus Martha la détestait, plus elle en voulait à Judith de son succès et de son influence sur l'enfant. En effet, l'influence avait été indubitablement bonne ; mais c'était précisément parce qu'elle avait été si bonne que Martha était froissée. Elle ne supportait pas que cette Judith frivole et matérialiste ait été capable d'une influence plus heureuse qu'elle n'y était jamais parvenue. Elle avait quitté sa fille mal élevée, grognon, désobéissante, remplie d'une haine rebelle pour tout ce que ses parents admiraient ; elle la retrouvait polie, obligeante, passionnément intéressée par la musique et la poésie, avidement préoccupée par les problèmes nouveaux de la religion. C'était intolérable. Patiemment, Martha s'employa à miner l'influence de sa sœur sur l'enfant. Le travail de Judith lui avait rendu la tâche plus facile. Car, grâce à Judith, Sylvia était maintenant malléable. Le contact avec les enfants de son âge l'avait assouplie, adoucie et sensibilisée, avait tempéré son égotisme sauvage et l'avait ouverte aux influences extérieures. En faisant appel à ses bons sentiments on pouvait être certain d'obtenir une réponse positive et non plus négative et révoltée. Martha fit cet appel avec persévérance et habileté. Elle modula (avec une belle résignation, bien sûr) sur la pauvreté de la famille. Si tante Judith faisait et permettait bien des choses que l'on ne faisait pas et que l'on ne permettait pas dans le pavillon, c'était parce que tante Judith était tellement plus riche. Elle pouvait se permettre bien des luxes dont les Claxton devaient se passer. « Non que cela nous ennuie, ton père et moi », insistait Martha. « Au contraire. Au fond, c'est une bénédiction de ne pas être riche. » Sylvia se souvenait et restait pensive. Martha développait son thème ; pouvoir s'offrir des choses luxueuses et en avoir l'habitude avait un certain effet vulgarisant, déspiritualisant. Il était si facile de devenir frivole. Ce qui impliquait, bien sûr, que tante Judith et oncle Jack n'y avaient pas échappé. La pauvreté avait heureusement préservé les Claxton du danger — la pauvreté et aussi, insistait Martha, leur propre mérite. Car ils auraient évidemment pu se permettre d'avoir au moins une domestique, même en ces temps difficiles ; mais ils avaient préféré s'en passer, « parce que, vois-tu, servir vaut mieux que d'être servi ». Jésus a dit que l'attitude de Marie valait mieux que celle de Marthe. « Mais je suis une Marthe », disait Martha Claxton, « qui fait de son mieux pour être également une Marie. Marthe *et* Marie — voilà l'idéal. Le service pratique *et* la contemplation. Ton père n'est pas l'un de ces artistes qui, égoïstement, se dérobent à tout contact avec les humbles réalités de la vie. C'est un créateur, mais il n'est pas trop fier pour servir de la plus humble façon. » Pauvre Herbert ! comment aurait-il pu refuser les plus humbles services, si Martha les commandait. Il y a des artistes, poursuivit Martha, qui ne pensent qu'au succès immédiat, qui ne travaillent qu'en vue du profit et de la célébrité. Mais le père de Sylvia, au contraire, travaillait sans penser au public, dans l'unique but de créer de la vérité et de la beauté.

Sur l'esprit de Sylvia ces discours, rabâchés avec variations et sur tous les registres émotionnels, faisaient un effet profond. Avec tout le sérieux de la puberté, elle aspirait à la bonté, à la spiritualité et au désintéressement ; elle brûlait de se sacrifier, peu importait comment du moment que la cause était noble. Sa mère lui avait maintenant fourni cette cause. Elle s'y donna avec toute la ténacité de sa nature. Avec quelle obstination elle étudiait son piano ! Avec quelle détermination elle lisait les livres les plus ennuyeux ! Elle tenait un cahier dans lequel elle copiait les passages les plus édifiants de ses lectures quotidiennes ; et un autre, dans lequel elle notait ses bonnes résolutions, ainsi que, dans un journal tourmenté et chroniquement contrit, ses échecs à suivre les résolutions, ses défaillances. « Gourmandise. Avais promis de ne manger qu'une reine-claude. En ai pris quatre à déjeuner. N'en prendrai pas demain. O.D.A.M.A.E.S. »

« Qu'est-ce que ça veut dire O.D.A.M.A.E.S. ? » demanda un jour Paul avec malice.

Sylvia devint très rouge. « Tu as lu mon journal ! Oh, méchant, sale méchant. » Soudain, elle se jeta sur son frère comme une furie. Il saignait du nez quand il put se dégager. « Si tu recommences, je te tuerai. » Et, les dents serrées, les narines frémissantes, les cheveux en désordre autour de son visage pâle, elle avait l'air de penser ce qu'elle disait. « Je te tuerai », répéta-t-elle. Sa fureur était justifiée ; O.D.A.M.A.E.S. signifiait : « Oh, Dieu ; aidez-moi à être sage. »

Le soir, elle alla trouver Paul et lui demanda pardon.

*

Tante Judith et oncle Jack venaient de passer près d'un an en Amérique.

« Oui, vas-y, bien sûr, vas-y », avait dit Martha lorsque la lettre de Judith était arrivée, invitant Sylvia à passer quelques jours à Londres. « Tu ne dois pas manquer une telle chance d'aller à l'Opéra et à tous ces beaux concerts. »

« Mais est-ce bien juste, maman ? » dit Sylvia, hésitante. « C'est-à-dire, je ne veux pas aller m'amuser toute seule. J'ai un peu l'impression… »

« Mais il faut que tu y ailles », coupa Martha. Elle était si sûre de Sylvia, maintenant, qu'elle ne craignait pas Judith. « Pour une musicienne comme toi, c'est une obligation d'entendre *Parsifal* et *La Flûte enchantée*. J'avais l'intention de t'y conduire moi-même l'année prochaine ; mais puisque l'occasion se présente cette année, il faut la saisir. Avec gratitude », ajouta-t-elle, avec un sourire encore plus doux.

Sylvia partit. *Parsifal* était comme une cérémonie à l'église, mais encore plus émouvant. Sylvia écoutait avec un enthousiasme respectueux, parfois interrompu, cependant, par le sentiment incongru, ignoble même mais combien douloureux ! que sa robe, ses bas, ses chaussures étaient affreusement différents de ceux que portait cette jeune fille de son âge, qu'elle avait remarquée dans la rangée derrière elle. Et il lui avait semblé que la jeune fille lui avait retourné un regard moqueur. Autour du Saint-Graal, les cloches et les grondements harmonieux explosèrent. Elle eut honte d'avoir des pensées si impies en présence du mystère. Et quand, à l'entracte, tante Judith lui offrit une glace, elle refusa avec indignation.

Judith s'étonna : « Mais tu aimais tant les glaces. »

« Pas maintenant, tante Judith, pas maintenant. » Une glace dans une église — quel sacrilège ! Elle essaya de penser au Graal. Une vision d'escarpins de satin vert et d'une ravissante fleur artificielle mauve flottait devant son regard intérieur.

Le lendemain, elles firent des courses. C'était une radieuse matinée du début de l'été. Les vitrines fleurissaient les magasins d'Oxford Street de couleurs claires. Les mannequins de cire se préparaient tous à aller à Ascot, à Henley, pensaient déjà au match d'Eton et Harrow. Les trottoirs étaient bondés ; un immense bourdonnement envahissait l'air comme de la brume. Les autobus rouge et or avaient un aspect royal, le soleil scintillait d'un éclat moiré sur les flancs polis des limousines qui passaient. Une petite procession de chômeurs marchait derrière un orchestre qui jouait des airs gais, comme si le chômage était une aubaine, comme si c'était un plaisir d'avoir faim.

Sylvia n'était pas allée à Londres depuis près de deux ans et cette foule, ce bruit, cette profusion de jolies choses dans toutes les vitrines lui montaient à la tête. Elle se sentait encore plus excitée qu'à *Parsifal*.

Pendant une heure, elles parcoururent Selfridge. « Et maintenant, Sylvia », dit tante Judith lorsqu'elle eut enfin rayé tous les articles de sa longue liste, « maintenant, choisis celle de ces robes que tu préfères. » Elle les montra de la main. Une exposition de Modèles d'Été pour Jeunes Filles les entourait de toutes parts. Lilas, lavande, primevère, rose, bleue, mauve, blanche, parsemée de fleurs, de pois — comme un jardin de jeunes robes. « Celle que tu préfères », répéta tante Judith. « Ou si tu aimes mieux une robe du soir... »

Des escarpins de satin vert et une grosse fleur mauve. Le regard moqueur de la jeune fille. Pensées indignes, indignes.

« Non, vraiment, tante Judith. » Elle rougit, bégaya. « Je n'ai vraiment pas besoin d'une robe. Vraiment pas. »

« Raison de plus pour en avoir une. Laquelle ? »

« Non, vraiment, je ne veux pas, je ne peux pas… » Et soudain, à l'ahurissement de tante Judith, elle fondit en larmes.

*

C'était en 1924. Le pavillon baignait dans un doux soleil de fin avril. Par les fenêtres ouvertes du salon, on entendait le piano de Sylvia. Obstinément, avec une sorte de fureur résolue, concentrée, elle s'efforçait de venir à bout de la valse de Chopin en *ré* mineur. Sous ses doigts consciencieux et sans finesse, le rythme langoureux était laborieusement sentimental, comme la transposition au piano d'un solo de cornet à piston à la porte d'un bar ; et la palpitation rapide des doubles croches dans les passages contrastés était, lorsque Sylvia jouait, un vol de papillons mécaniques, un battement d'ailes de métal. Elle jouait inlassablement. Dans le taillis de l'autre côté du ruisseau, au fond du jardin, les oiseaux vaquaient tranquillement à leurs affaires. Sur les arbres, les feuilles nouvelles ressemblaient à l'esprit des feuilles, quasi immatérielles mais vivantes, comme de petites flammes au bout de chaque rameau. Herbert était assis sur une souche au milieu du bois et se livrait à ces exercices respiratoires yogi, accompagnés d'autosuggestion, qu'il trouvait si efficaces contre la constipation. Bouchant sa narine droite d'un long index, il inspirait profondément par la narine gauche, le temps de quatre battements de cœur. Puis, pendant seize battements, il retenait sa respiration et, entre chacun d'eux, il se répétait très vite : « Je ne suis pas constipé, je ne suis pas constipé. » Après s'être pénétré de cette affirmation seize fois, il fermait sa narine gauche et expirait, en comptant jusqu'à huit, par sa narine droite. Après quoi il recommençait. La narine gauche était favorisée ; car elle inspirait une faible et fraîche odeur de primevères, de feuilles et de terre mouillée. Près de lui, sur un pliant, Paul dessinait un chêne. L'art à tout prix ; l'art noble, désintéressé, qui élève l'âme. Paul s'ennuyait mortellement. Ce sale vieil arbre — à quoi cela servait-il de le dessiner ? Tout autour de lui, les pointes vertes des jacinthes sauvages surgissaient du terreau noir. L'une d'elles avait poussé à travers une feuille morte, l'avait transpercée et soulevée en l'air. Encore quelques jours de soleil et tous les bourgeons donneraient une fleur bleue. La prochaine fois que sa mère l'enverrait à Godalming à bicyclette, songeait Paul, il verrait s'il n'y aurait pas moyen de compter deux shillings de plus pour les courses au lieu d'un, comme la dernière fois. Il pourrait alors aller au cinéma et acheter des chocolats, peut-être même des cigarettes, quoique cela fût plutôt dangereux…

« Eh bien, Paul », dit son père, qui avait pris une dose suffisante de l'équivalent mystique d'un suppositoire à la glycérine, « comment cela marche-t-il ? » Il se leva de sa souche et alla jusqu'à la clairière où son fils était assis. Les années avaient très peu marqué Herbert ; sa barbe explosive était aussi blonde que jamais, il était toujours aussi mince, son crâne ne portait aucune trace de calvitie. Seules ses dents s'étaient visiblement abîmées ; son sourire était décoloré et dégarni.

« Mais il devrait vraiment voir un dentiste », avait insisté Judith auprès de sa sœur, lors de leur dernière rencontre.

« Il ne veut pas », avait répondu Martha. « Il n'a pas confiance en eux. » Mais peut-être sa propre répugnance à se séparer du nombre requis de guinées avait-elle quelque chose à voir avec le manque de foi de Herbert dans les dentistes. « En outre », reprit-elle, « Herbert remarque à peine ces choses purement matérielles, physiques. Il vit tellement dans le monde nouménal qu'il s'aperçoit à peine du phénoménal. Vraiment, il ne s'en aperçoit pas ».

« Eh bien, il ferait mieux de s'en apercevoir », répondit Judith, « c'est tout que ce que je peux dire ». Elle était indignée.

« Comment t'en sors-tu ? » répéta Herbert en posant la main sur l'épaule de son fils.

« L'écorce est très difficile à rendre », répondit Paul d'un ton geignard et mécontent.

« L'effort n'en est que plus méritoire », dit Herbert. « La patience et le travail — il n'y a que cela. Sais-tu comment un grand homme a défini le génie ? » Paul le savait très bien ; mais la définition lui semblait si stupide et personnellement si insultante qu'il ne répondit pas et se contenta d'un grognement. Son père l'exaspérait ; prodigieusement. « Le génie », poursuivit Herbert, répondant à sa propre question, « le génie est une capacité infinie à prendre de la peine ». À ce moment-là, Paul détestait son père.

« Un deux-et trois-et Un-et deux-et trois-et… » Sous les doigts de Sylvia les papillons mécaniques continuaient leurs battements d'ailes de métal. Son visage était tendu, résolu, courroucé ; le grand homme de Herbert lui aurait trouvé du génie. Derrière son dos raide d'obstination, sa mère allait et venait un plumeau à la main, époussetant. Le temps l'avait épaissie, empâtée ; elle marchait lourdement. Ses cheveux avaient commencé à grisonner. Lorsqu'elle eut fini d'épousseter, ou plutôt lorsqu'elle en eut assez, elle s'assit. À travers le rythme de la valse, Sylvia poursuivait laborieusement son solo de piston. Martha ferma les yeux. « Magnifique, magnifique ! » dit-elle, et elle sourit de son plus beau sourire. « Tu le joues magnifiquement, ma chérie. » Elle était fière de sa fille. Pas seulement de la musicienne, de l'être humain aussi. Quand elle pensait au mal qu'elle avait eu avec Sylvia autrefois… « Magnifique. » Elle se leva enfin et monta dans sa chambre. Ouvrant un placard, elle en sortit une boîte de fruits confits et mangea plusieurs cerises, une prune et trois abricots. Herbert était retourné à son atelier et à son tableau inachevé, représentant « l'Europe et l'Amérique aux pieds de l'Inde Mère ». Paul sortit un lance-pierres de sa poche, plaça une chevrotine dans la poche de cuir et la décocha à une sittelle qui courait comme une souris sur un chêne, de l'autre côté de la clairière. « Nom de Dieu ! » dit-il, comme l'oiseau s'envolait indemne. Mais le second coup fut plus heureux. Il y eut un jaillissement de plumes, deux ou trois petits cris aigus. Paul se précipita et découvrit un pinson qui gisait sur l'herbe. Il y avait du sang sur les plumes. Frémissant d'une sorte d'excitation dégoûtée, Paul ramassa le petit corps. Comme il était chaud ! C'était la première fois qu'il tuait quelque chose. Quel bon coup ! Mais il n'avait personne à qui en parler. Sylvia n'était bonne à rien : dans certains cas, elle était presque pire que sa mère. Avec une branche tombée, il creusa un trou et enterra le petit corps, de peur que quelqu'un ne le trouve et ne se demande comment il avait été tué. Ils seraient furieux s'ils savaient ! Il alla déjeuner extrêmement content de lui. Mais lorsque son regard tomba sur la table, sa figure s'allongea. « Rien que cette sale chose froide ? »

« Paul, voyons », dit son père avec reproche.

« Où est maman ? »

« Elle ne déjeune pas aujourd'hui », répondit Herbert.

« Tout de même », grommela Paul à part lui, « elle aurait pu prendre la peine de nous faire quelque chose de chaud. »

Sylvia, les yeux baissés sur son assiette, mangeait sa salade de pommes de terre en silence.

Le jeune Archimède

C'est la vue qui, finalement, nous décida à louer. Certes, la maison avait ses inconvénients. Elle était très loin de la ville et n'avait pas le téléphone. Le loyer était exagérément élevé, la plomberie rudimentaire. Les nuits de vent, alors que les vitres mal ajustées vibraient si furieusement dans le cadre des fenêtres qu'on pouvait se croire en omnibus, la lumière électrique, pour quelque mystérieuse raison, s'éteignait et vous laissait dans une obscurité bruyante. Il y avait une splendide salle de bains ; mais la pompe électrique qui était censée monter l'eau des citernes ne fonctionnait pas. Ponctuellement chaque automne, le puits d'eau potable était à sec. Et notre propriétaire était une menteuse et une voleuse.

Mais ce sont les petits inconvénients de toute maison louée, que l'on rencontre partout. Pour l'Italie, ils n'étaient pas vraiment graves. J'ai vu une quantité de maisons qui les avaient tous plus une centaine d'autres, sans la compensation des avantages qu'offrait la nôtre — le jardin et la terrasse au sud pour l'hiver et, pour le printemps, les vastes pièces fraîches à l'abri de la chaleur estivale, l'air de la colline, l'absence de moustiques et, enfin, la vue.

Et quelle vue ! Ou plutôt, quelle succession de vues. Car elle était chaque jour différente ; sans bouger de la maison, on avait l'impression d'un changement de décor incessant : tous les agréments du voyage sans les fatigues. Il y avait des journées d'automne où toutes les vallées s'emplissaient de brume et où les crêtes des Apennins surgissaient comme d'un lac laiteux. Il y avait des jours où la brume envahissait jusqu'au sommet de notre colline, et nous étions enveloppés d'une vapeur ouateuse dans laquelle les oliviers couleur de brume, qui s'étageaient sous nos fenêtres vers la vallée, disparaissaient comme dans leur propre essence spirituelle ; et les seules choses solides et précises du petit monde dans lequel nous étions confinés étaient les deux grands cyprès noirs qui poussaient sur une petite terrasse en surplomb, cent pieds plus bas sur la pente. Noirs, pointus, solides, ils se dressaient, comme des colonnes d'Hercule jumelles au bout de l'univers connu ; au-delà, il n'y avait que nuage pâle, et autour, que les oliviers vaporeux.

Ça, c'étaient les jours d'hiver ; mais il y avait au printemps et à l'automne des journées imperturbablement sans nuage, ou — plus joli encore — nuancées par les formes massives de vapeur flottante qui, neigeuses au-dessus des lointains sommets enneigés, se déroulaient par degré sur le bleu pâle et brillant, comme d'énormes gestes héroïques. Au faîte du ciel, les draperies gonflées, les cygnes, les marbres aériens, taillés et abandonnés par des dieux las de la création presque avant d'avoir commencé, s'étiraient et changeaient de forme au fil du vent. Le soleil apparaissait et disparaissait derrière eux ; et la ville dans la vallée s'estompait, s'évanouissait presque dans l'ombre ou, comme un immense bijou ciselé entre les collines, resplendissait d'un éclat qui semblait lui appartenir. Au-delà de la plus proche vallée affluente qui descendait de notre crête vers l'Arno, dépassant le sombre épaulement de la colline qui portait sur son extrême promontoire l'église à clocher de San Miniato, on voyait l'énorme dôme gracieusement accroché à ses nervures de maçonnerie, le campanile carré, la flèche pointue de Santa Croce, et la tour à dais de la Signoria, se dressant au-dessus du fouillis serré de maisons, nettes et brillantes, comme de petits trésors sculptés dans des pierres précieuses. Un moment seulement, puis leur lumière s'estompait de nouveau, et le rayon voyageur illuminait, parmi les collines indigo au-delà, une unique crête dorée.

Il y avait des jours où l'air était humide de pluie passée ou à venir, et toutes les distances semblaient miraculeusement proches et nettes. Les oliviers se détachaient l'un de l'autre sur les pentes lointaines ; les villages éloignés étaient jolis et pathétiques comme d'exquis petits jouets. Il y avait des jours d'été où le tonnerre menaçait et où, brillantes de soleil contre les masses ventrues noires et pourpres, les collines et les maisons blanches avaient un éclat pour ainsi dire précaire de splendeur mourante, au bord de quelque effrayante calamité.

Comme les collines étaient changeantes ! Chaque jour, presque à chaque heure du jour, elles étaient différentes. Par moments, en regardant à travers la plaine de Florence, on ne voyait qu'une silhouette bleu sombre se détacher sur le ciel. Le décor n'avait pas de relief ; on aurait dit un rideau peint de symboles de montagnes. Puis, presque tout d'un coup, avec le passage d'un nuage ou le déclin du soleil, le décor plat se transformait ; où il n'y avait eu qu'un rideau peint, il y avait maintenant une succession de collines dont les tons s'étageaient du brun, ou du gris, ou d'un vert doré au bleu lointain. Des formes qui, l'instant d'avant, se fondaient en une seule masse indistincte, se détachaient individuellement. Fiesole, qui était apparu comme un éperon du Monte Morello, se révélait maintenant comme la tête d'un autre système de collines, séparé des bastions de son plus important voisin par une vallée profonde et ombreuse.

À midi, sous la chaleur de l'été, le paysage se troublait, devenait poussiéreux, vague, presque sans couleur sous le soleil méridien ; les collines s'estompaient sur les franges tremblantes du ciel. Mais, à mesure que l'après-midi s'écoulait, le paysage émergeait de nouveau, perdait son anonymat et ressuscitait du néant à la forme et à la vie. Et sa vie, comme le soleil déclinait lentement au long de l'après-midi, devenait à chaque instant plus riche et plus intense. La lumière rasante, avec son accompagnement d'ombres longues et noires, mettait pour ainsi dire à nu l'anatomie de la terre ; les collines — éclatantes sur leur flanc ouest et sombres sur la pente privée de soleil — saillaient, massives et solides. Sur le sol en apparence uni se dessinaient des fossettes et de petits plis. À l'est de notre crête, balayant la plaine de l'Ema, une haute falaise faisait une ombre croissante ; dans l'éclat environnant de la vallée, une ville entière s'y trouvait éclipsée. Lorsque le soleil mourait sur l'horizon, les collines plus lointaines s'empourpraient dans sa chaude lumière, jusqu'à ce que leurs flancs illuminés prennent la couleur des roses rousses ; mais les vallées débordaient déjà de la brume du soir. Et elle montait, montait ; le feu s'éteignait au couchant sur les fenêtres des pentes populeuses ; les crêtes seules étaient encore ardentes, puis elles finissaient par s'obscurcir aussi. Les montagnes s'estompaient et se fondaient à nouveau, rideau plat contre le ciel pâle du soir. Bientôt, c'était la nuit ; et si la lune était pleine, un fantôme du décor mort hantait encore l'horizon.

Dans sa beauté changeante, ce vaste paysage

conservait toujours un côté humain et domestiqué qui en faisait, à mon avis du moins, le meilleur des endroits où vivre. Jour après jour, on en parcourait les beautés variées ; mais le voyage, comme le tour d'Europe de nos ancêtres, se faisait toujours dans la civilisation. Malgré toutes ses montagnes, ses pentes abruptes et ses vallées profondes, le décor toscan est dominé par ses habitants. Ils ont cultivé le moindre arpent de terre cultivable ; leurs maisons se serrent même sur les collines, et les vallées sont très peuplées. Seul au sommet d'une colline, on ne se trouve pas dans un désert. L'empreinte de l'homme est partout, et — on sent cela avec satisfaction en contemplant le pays — depuis des siècles, des milliers d'années, il a été sien, soumis, dompté, humanisé. Les landes vastes et arides, les sables, les forêts épaisses valent une visite occasionnelle, bienfaisante à l'esprit qui ne s'y soumet pas trop longtemps. Mais des influences démoniaques autant que divines hantent ces solitudes totales. La vie végétative des plantes et des choses est étrangère, hostile à l'humain. Les hommes ne peuvent vivre à l'aise que là où ils se sont rendus maîtres de ce qui les entoure et où leurs existences accumulées l'emporte en nombre et en poids sur les vies végétatives…

Débarrassé de ses bois sombres, planté, étagé en terrasses et cultivé presque jusqu'en haut de la montagne, le paysage toscan est humain et sûr. Parfois, ceux qui y vivent aspirent à un lieu solitaire, inhumain, sans vie ou peuplé seulement de vie étrangère. Mais le désir est vite satisfait et l'on est content de retrouver le décor civilisé et soumis.

Je trouvais que cette maison sur la colline était la demeure idéale. Car là, en sûreté dans un paysage humanisé, on restait seul ; on pouvait être aussi solitaire qu'on le désirait. Des voisins qu'on ne voit jamais de près sont des voisins parfaits.

Les plus proches, en termes de proximité physique, vivaient très près. Nous en avions deux groupes, en fait, presque dans la même maison que nous. L'un était une famille de paysans, qui habitaient un bâtiment long et bas, mi-logement, mi-écuries, granges et étables, contigu à la villa. Nos autres voisins — intermittents toutefois, car ils se risquaient rarement hors de la ville, lorsque le temps était absolument sans nuage — étaient les propriétaires de la villa, qui s'étaient réservé la petite aile de l'énorme maison en L — une douzaine de pièces seulement — nous laissant les dix-huit ou vingt autres.

C'était un curieux couple que nos propriétaires. Un vieux mari, gris, distrait, chancelant, soixante-dix ans au moins ; et une signora d'à peu près quarante ans, petite, très dodue, avec des mains et des pieds minuscules et gras, et deux très grands yeux d'un noir sombre, dont elle se servait avec l'adresse d'une comédienne-née. Sa vitalité, si l'on avait pu la transformer en travail utile, aurait pu alimenter toute une ville en électricité. Les physiciens parlent d'exploiter l'énergie de l'atome ; ils feraient mieux, sans aller si loin, de découvrir le moyen de drainer ces énormes réserves d'énergie vitale qui s'accumulent dans les femmes oisives de tempérament sanguin et qui, dans l'état présent et imparfait de l'organisation sociale et scientifique, se dépensent d'une manière généralement déplorable : à se mêler des affaires d'autrui, à provoquer des scènes, à penser à l'amour et à le faire, à ennuyer les hommes et à les empêcher de travailler.

La signora Bondi se débarrassait d'une part de son énergie superflue en « roulant » ses locataires. Le vieux monsieur, qui était un négociant retraité à la réputation de droiture parfaite, n'était autorisé à aucun rapport avec nous. Lorsque nous vînmes voir la maison, c'est la femme qui nous fit visiter. C'est elle qui, avec un déploiement de charme, avec des roulements d'yeux irrésistibles, vanta les mérites de l'endroit, chanta les louanges de la pompe électrique, glorifia la salle de bains (eu égard à quoi, insista-t-elle, le loyer était remarquablement modeste) et, lorsque nous suggérâmes de faire examiner la maison par un expert, nous pria instamment, comme si son unique préoccupation était notre bien-être, de ne pas gaspiller notre argent à quelque chose d'aussi superflu. « Après tout », dit-elle, « nous sommes d'honnêtes gens. Je n'aurais pas l'idée de vous louer la maison autrement qu'en parfait état. Faites-moi confiance. » Elle me regarda avec une expression implorante et peinée dans ses yeux magnifiques, comme si elle me suppliait de ne pas l'insulter avec de grossiers soupçons. Et, sans nous laisser le temps de pousser plus loin la question de l'expert, elle se mit à nous certifier que notre petit garçon était l'ange le plus ravissant qu'elle eût jamais vu. À la fin de notre entrevue avec la signora Bondi, nous avions décidé de louer la maison.

« Charmante femme », dis-je en quittant la maison. Mais je crois qu'Elizabeth n'en était pas aussi sûre.

Puis vint l'épisode de la pompe.

Le soir de notre emménagement, nous branchâmes l'électricité. La pompe eut un ronflement tout à fait professionnel ; mais pas une goutte d'eau ne sortit des robinets de la salle de bains. Nous nous regardâmes saisis de doute.

« Charmante femme ? » Elizabeth arqua les sourcils.

Nous demandâmes un entretien ; mais le vieux monsieur ne pouvait jamais nous recevoir et la signora était invariablement sortie ou souffrante. Nous déposâmes des notes écrites ; elles ne reçurent jamais de réponse. Enfin, nous découvrîmes que le seul moyen de communiquer avec nos propriétaires, qui vivaient dans la même maison que nous, était de descendre à Florence et de leur envoyer une lettre recommandée par exprès. Ils étaient alors obligés de signer séparément deux reçus et même, si nous voulions payer quarante centimes de plus, un troisième document accusateur qui nous était renvoyé. Il n'y avait aucun moyen de prétendre, comme c'était toujours le cas avec les lettres ordinaires ou les billets, que la communication n'avait pas été reçue. Nous finîmes enfin par obtenir des réponses à nos réclamations. La signora, qui écrivait toutes les lettres, commença par nous dire que, naturellement, la pompe ne marchait pas puisque les citernes étaient vides, à cause de la longue sécheresse. Je dus parcourir trois miles à pied jusqu'à la poste pour recommander la lettre dans laquelle je lui rappelais qu'il y avait eu un violent orage le mercredi précédent et que, donc, les réservoirs étaient plus qu'à moitié pleins. La réponse arriva : l'eau pour les bains n'avait pas été stipulée dans le contrat ; puisque j'en voulais, pourquoi n'avais-je pas fait examiner la pompe avant de prendre la maison ? Nouvelle promenade en ville pour demander à la signora, notre voisine, si elle se rappelait nous avoir conjurés de lui faire confiance, et pour l'informer que l'existence dans une maison d'une salle de bains est en soi une garantie implicite qu'il y a de l'eau. La réponse à cela fut que la signora ne pouvait pas continuer à avoir des rapports avec des gens qui lui écrivaient aussi grossièrement. Après quoi, je confiai l'affaire à un homme de loi. Deux mois plus tard, la pompe était effectivement remplacée. Mais nous dûmes assigner la femme avant qu'elle cède. Et les frais furent considérables.

Un jour, vers la fin de cet épisode, je rencontrai le vieux monsieur sur la route, promenant son gros chien — ou plutôt, étant promené par le chien. Car, quand le chien tirait, le vieux monsieur était forcé de suivre. Et lorsqu'il s'arrêtait pour renifler, gratter la terre, ou laisser contre une grille sa carte de visite ou un défi injurieux, le vieux monsieur devait attendre patiemment, au bout de la laisse. Je le croisai comme il était arrêté au bord de la route, quelques centaines de mètres en bas de notre maison. Le chien reniflait les racines de l'un des cyprès jumeaux qui poussaient de part et d'autre de l'entrée d'une ferme ; j'entendis la bête grogner avec indignation, comme si elle flairait une intolérable insulte. Le vieux signor Bondi, attaché à son chien, attendait. Les genoux, dans le pantalon tubulaire gris, étaient légèrement pliés. Appuyé sur sa canne, il contemplait tristement, d'un regard vide, la vue. Le blanc de ses yeux usés était décoloré, comme une vieille boule de billard. Dans le visage gris profondément ridé, le nez était d'un rouge dyspeptique. Sa moustache blanche, déchiquetée et jaunie sur les bords, tombait en une courbe mélancolique. Dans sa cravate noire, il portait un très gros diamant ; peut-être était-ce ce que la signora Bondi avait trouvé si attirant chez lui.

J'ôtai mon chapeau en approchant. Le vieil homme me dévisagea, l'air absent, et ce ne fut que lorsque je l'eus presque dépassé qu'il se rappela qui j'étais.

« Attendez », me cria-t-il, « attendez ! » Et il se hâta à ma poursuite. Pris totalement par surprise et dans une position désavantageuse — car il était occupé à répondre à l'affront imprimé sur les racines du cyprès — le chien se laissa tirer derrière lui. Trop étonné pour faire autre chose qu'obéir, il suivit son maître. « Attendez ! »

J'attendis.

« Mon cher monsieur », dit le vieillard, m'agrippant par le revers de mon veston et me soufflant très désagréablement dans la figure, « je veux vous faire des excuses. » Il jeta un regard autour de lui, comme si, même là, il craignait d'être surpris. « Je veux vous faire des excuses », poursuivit-il, « au sujet de cette misérable affaire de pompe. Je vous assure que si cela n'avait dépendu que de moi, je l'aurais fait arranger dès que vous l'avez demandé. Vous aviez parfaitement raison : une salle de bains est une garantie implicite qu'il y a de l'eau pour se baigner. J'ai vu tout de suite que nous n'avions pas la moindre chance devant un tribunal. D'ailleurs, j'estime que l'on devrait traiter ses locataires aussi largement qu'on en a les moyens. Mais ma femme », il baissa la voix, « le fait est qu'elle aime ce genre de chose, même quand elle sait qu'elle a tort et qu'elle doit perdre. En outre, elle espérait, je dois dire, que vous vous lasseriez de réclamer et que vous feriez faire vous-même le travail. Je lui ai dit dès le début que nous devrions céder ; mais elle n'a rien voulu entendre. Vous voyez, elle aime ça. Enfin, elle voit bien maintenant que cela doit être fait. Dans deux ou trois jours, vous aurez votre eau. J'ai seulement pensé que je voulais vous dire combien... » Mais le chien, qui s'était remis de sa surprise, bondit soudain, en grondant, sur la route. Le vieux monsieur tenta de retenir la bête, tira sur la laisse, fit quelques pas chancelants, puis abandonna la lutte et se laissa entraîner. «... Combien je regrette », reprit-il en s'éloignant de moi, « que ce petit malentendu... » Mais c'était inutile. « Au revoir. » Il sourit poliment, fit un petit geste d'impuissance, comme s'il s'était soudain rappelé un rendez-vous urgent et n'avait pas le temps de s'expliquer. « Au revoir. » Il ôta son chapeau et se soumit complètement au chien.

Huit jours plus tard, l'eau se mit réellement à couler, et, le lendemain de notre premier bain, la signora Bondi, vêtue de satin gris tourterelle et parée de toutes ses perles, vint nous voir.

« Faisons-nous la paix ? » demanda-t-elle avec une franchise charmante en nous serrant la main.

Nous l'assurâmes que, de notre côté, nous y étions prêts.

« Mais pourquoi m'avez-vous écrit des lettres si affreusement impolies ? » dit-elle, dirigeant sur moi un regard de reproche qui aurait dû émouvoir jusqu'à la contrition le pécheur le plus endurci. « Et cette assignation. Comment avez-vous pu ? À une dame... »

Je bafouillai quelque chose à propos de la pompe et de notre envie de bains.

« Mais comment attendiez-vous de moi que je vous écoute tant que vous étiez dans cet état d'esprit ? Pourquoi ne vous y êtes-vous pas pris autrement, poliment, galamment ? » Elle me sourit et baissa des paupières frémissantes.

Je jugeai préférable de changer de conversation. Il est désagréable, lorsque l'on a raison, d'être mis apparemment dans son tort.

Quelques semaines plus tard, nous reçûmes une lettre — dûment recommandée et par exprès — dans laquelle la signora nous demandait si nous avions l'intention de renouveler notre bail (qui n'était que de six mois), et nous avisant que, dans l'affirmative, le loyer serait augmenté de 25 pour 100, étant donné les améliorations qui avaient été exécutées. Nous nous estimâmes heureux, après de longs marchandages, d'obtenir le renouvellement du bail pour un an avec seulement 15 pour 100 d'augmentation.

C'est principalement pour la vue que nous acceptâmes ces intolérables extorsions. Mais, après les premiers jours, nous avions trouvé d'autres raisons d'aimer la maison, dont la meilleure était que nous avions découvert, en la personne du plus jeune enfant du fermier, ce qui semblait être le compagnon de jeu parfait pour notre petit garçon. Entre Guido — tel était son nom — et le plus jeune de ses frères et sœurs, il y avait un intervalle de six ou sept ans. Ses deux frères aînés travaillaient aux champs avec leur père ; depuis la mort de leur mère, deux ou trois ans avant que nous fassions leur connaissance, la sœur aînée tenait la maison ; la cadette, qui venait de quitter l'école, l'aidait et entre-temps surveillait Guido qui maintenant n'exigeait que fort peu de surveillance ; car il avait entre six et sept ans et était aussi précoce, sûr de soi, responsable que le sont généralement les enfants des pauvres, livrés à eux-mêmes dès qu'ils savent marcher.

Quoiqu'il eût largement deux ans et demi de plus que le petit Robin — et à cet âge trente mois sont bourrés de l'expérience de la moitié de la vie — Guido ne profitait jamais de son intelligence et de sa force supérieures. Je n'ai jamais vu d'enfant plus patient, plus tolérant et moins tyrannique. Il ne se moquait jamais de Robin et de ses efforts maladroits pour imiter ses propres exploits ; il ne taquinait ni ne rudoyait son petit compagnon, mais il l'aidait en cas de difficulté et lui expliquait ce qu'il ne pouvait pas comprendre. En retour, Robin l'adorait, le considérait comme le modèle parfait du Grand, et l'imitait servilement en tout.

Les tentatives de Robin pour imiter son compagnon étaient souvent fort cocasses. Car, par une loi psychologique obscure, des paroles et des actes sérieux en soi deviennent comiques dès qu'ils sont copiés ; et plus la copie est exacte, si l'imitation est une parodie délibérée, plus elle est drôle — car une imitation chargée de quelqu'un que nous connaissons ne nous fait pas autant rire que celle qui ressemble à l'original au point d'être à peine distincte. La mauvaise imitation n'est cocasse que si c'est une flatterie sincère mais ratée. La plupart des imitations de Robin étaient de ce type. Ses tentatives héroïques et malheureuses pour égaler les exploits de force et d'adresse que Guido accomplissait avec aisance étaient d'un comique exquis. Ses imitations soigneuses et prolongées des habitudes et des manies de Guido n'étaient pas moins amusantes. Les plus cocasses de toutes, parce que entreprises avec une extrême gravité et parfaitement incongrues chez l'imitateur, étaient les personnifications de Guido en humeur pensive. Guido était un enfant réfléchi, sujet à la rêverie et aux abstractions soudaines. On le trouvait assis tout seul dans un coin, le menton dans la main, le coude sur le genou, plongé, selon toutes apparences, dans la plus profonde méditation. Parfois, même en plein jeu, il s'interrompait brusquement et restait debout, les mains derrière le dos, les sourcils froncés et les yeux vers le sol. Quand cela se produisait, Robin se sentait intimidé et un peu inquiet. Dans un silence troublé, il regardait son compagnon. « Guido », disait-il doucement, « Guido ». Mais Guido était en général trop préoccupé pour répondre ; Robin, n'osant pas insister, se glissait près de lui ; prenant aussi exactement que possible l'attitude de Guido — debout tel

Napoléon, les mains jointes derrière le dos, ou assis dans la position du Laurent le Magnifique de Michel-Ange — il essayait de méditer aussi. Presque à chaque seconde, il tournait ses yeux bleus et brillants vers son aîné pour voir s'il s'y prenait correctement. Au bout d'une minute, il commençait à s'impatienter ; la méditation n'était pas son fort. « Guido », appelait-il plus fort, « Guido ! » Il le prenait par la main et essayait de l'entraîner. Quelquefois, Guido sortait de sa rêverie et reprenait le jeu interrompu. Parfois il n'y prêtait pas attention. Mélancolique, perplexe, Robin se résignait à jouer tout seul. Et Guido demeurait assis ou debout, immobile ; ses yeux, si on regardait en eux, étaient magnifiques dans leur calme grave et pensif.

C'étaient de grands yeux écartés et, chose étrange chez un enfant italien aux cheveux noirs, d'un bleu-gris pâle et lumineux. Ils n'étaient pas toujours calmes et graves, comme en ces moments méditatifs. Quand Guido jouait, parlait ou riait, ils s'éclairaient, et la surface de ces clairs lacs de pensée semblait agitée d'ondes étincelantes de soleil. Au-dessus de ces yeux, le front était superbe, haut et droit, délicatement bombé comme un pétale de rose. Le nez était droit, le menton petit et plutôt pointu, la bouche tombait un peu tristement aux commissures.

J'ai un instantané des deux enfants assis tous les deux sur le parapet de la terrasse. Guido est presque en face de l'objectif, mais regarde légèrement de côté et vers le bas ; il a les mains croisées sur les genoux et son expression, son attitude sont celles de la méditation grave. C'est Guido dans l'un de ces accès d'abstraction où il tombait même au milieu du rire et du jeu — soudainement et totalement, comme s'il s'était brusquement mis en tête de s'en aller et avait laissé derrière lui ce corps silencieux et beau, comme une maison vide attendant son retour. À côté de lui est assis le petit Robin, levant les yeux vers lui, le visage à demi détourné, mais la courbe de la joue révélant qu'il est en train de rire ; l'une des petites mains est saisie au sommet d'un geste, l'autre agrippe la manche de Guido, comme s'il le pressait de venir jouer. Et les jambes qui pendent du parapet ont été figées par le regard bref de l'appareil au milieu d'un grouillement d'impatience ; il est sur le point de sauter à terre pour jouer à cache-cache dans le jardin. Toutes les caractéristiques essentielles des deux enfants sont dans ce petit instantané.

« Si Robin n'était pas Robin », disait Elizabeth, « je souhaiterais presque qu'il soit Guido. »

Et même alors, quand je n'accordais pas d'intérêt particulier à l'enfant, j'étais de son avis. Guido semblait l'un des plus charmants petits garçons que j'aie jamais vus.

Nous n'étions pas seuls à l'admirer. La signora Bondi, quand elle venait nous rendre visite dans les intervalles cordiaux qui séparaient nos disputes, ne cessait de parler de lui. « Un enfant si beau, si beau ! » s'exclamait-elle avec enthousiasme. « C'est vraiment un gaspillage qu'il soit à des paysans qui n'ont pas les moyens de l'habiller correctement. S'il était à moi, je lui mettrais du velours noir ; ou de petites culottes blanches et un jersey de soie blanche avec un liséré rouge au col et aux poignets ; ou peut-être qu'un costume marin blanc serait joli. En hiver, un petit manteau de fourrure, avec un bonnet de petit-gris, et, voyons ! des bottes russes... » Son imagination l'emportait. « Et je lui laisserais pousser les cheveux, comme un page, et je les ferais juste onduler au bout. Avec une frange sur le front. Tout le monde se retournerait pour nous regarder si je le sortais Via Tornabuoni. »

Ce que vous voulez, aurais-je aimé lui dire, n'est pas un enfant ; c'est une poupée mécanique ou un singe savant. Mais je ne le dis pas — en partie parce que je ne trouvai pas le mot italien pour poupée mécanique, et en partie parce que je ne voulais pas risquer une nouvelle augmentation de 15 pour 100.

« Ah, si seulement j'avais un petit garçon comme ça ! » Elle soupira et baissa modestement les paupières. « J'adore les enfants. Je pense parfois à en adopter un — c'est-à-dire, si mon mari y consent. »

Je songeai au pauvre vieillard traîné par son gros chien blanc et souris intérieurement.

« Mais je ne sais pas s'il y consentirait », poursuivit la signora. « Je ne sais pas. » Elle resta un moment silencieuse, comme si une nouvelle idée lui venait.

Quelques jours plus tard, alors que nous étions assis dans le jardin après le déjeuner à boire notre café, le père de Guido, au lieu de nous faire le signe de tête habituel et de nous souhaiter un bonjour chaleureux, s'arrêta devant nous et se mit à causer. C'était un bel homme, pas très grand mais bien proportionné, rapide et souple dans ses mouvements, plein de vie. Il avait un mince visage brun aux traits romains, éclairé d'une paire d'yeux gris au regard le plus intelligent que j'aie jamais vu. Ils montraient presque trop d'intelligence lorsque, comme cela arrivait assez fréquemment, il essayait avec une mine de franchise parfaite et d'innocence enfantine, de vous rouler ou de vous soutirer quelque chose. Se délectant d'elle-même, l'intelligence brillait malicieusement. Le visage pouvait être ingénu, impassible, presque imbécile dans son expression ; mais les yeux le trahissaient complètement. On savait, lorsqu'ils pétillaient comme cela, qu'il allait falloir faire attention.

Ce jour-là, cependant, nulle lumière dangereuse n'y luisait. Il ne voulait rien de nous, rien de valeur s'entend — rien que des conseils — article dont il savait que la plupart des gens ne sont que trop heureux de se séparer. Mais il voulait des conseils sur ce qui était pour nous un sujet délicat : la signora Bondi. Carlo s'était souvent plaint d'elle à nous. Le vieux monsieur est bon, nous dit-il, très bon et vraiment gentil. Ce qui voulait sans doute dire, entre autres, qu'on pouvait facilement le rouler. Mais sa femme... Eh bien, la femme était une sale bête. Et il nous rapportait des exemples de son insatiable rapacité : elle réclamait toujours plus de la moitié de la récolte qui, selon les lois du métayage, est la part qui revient au propriétaire. Il se plaignait de sa défiance : elle l'accusait tout le temps de filouteries, et même de vol — lui, il se frappa la poitrine, l'honnêteté en personne. Il se plaignait de son avarice stupide : elle ne dépensait pas assez pour les engrais, elle ne voulait pas lui acheter une autre vache, elle ne voulait pas faire installer l'électricité dans l'étable. Nous avions exprimé notre sympathie, mais prudemment, sans manifester d'opinion trop tranchée sur le sujet. Les Italiens sont merveilleusement évasifs en paroles ; ils ne lâcheront pas un mot à qui que ce soit jusqu'à ce qu'ils soient tout à fait certains qu'il est juste, nécessaire, et surtout prudent de le faire. Nous avions vécu assez longtemps parmi eux pour les imiter. Ce que nous dirions à Carlo reviendrait tôt ou tard aux oreilles de la signora Bondi. Il n'y avait rien à gagner à aigrir sans nécessité nos rapports avec la dame — mais encore 15 pour 100 à perdre.

Ce jour-là, il était moins sujet aux griefs qu'à la perplexité. La signora l'avait fait appeler et lui avait demandé ce qu'il dirait si elle offrait — tout était très hypothétique, dans le style prudent des Italiens — d'adopter le petit Guido. Le premier mouvement de Carlo avait été de dire que ça ne lui plairait pas. Mais une réponse de ce genre eût été trop grossièrement compromettante. Il avait préféré dire qu'il allait réfléchir. Et maintenant, il nous demandait notre avis.

« Faites ce que vous jugerez le mieux » fut ce qu'en somme nous répondîmes. Nous laissâmes cependant entendre, de façon lointaine mais nette, que nous ne pensions pas que la signora Bondi ferait une très bonne mère adoptive. Et Carlo était enclin à penser de même. D'ailleurs, il aimait beaucoup l'enfant.

« Mais l'ennui », conclut-il, morose, « c'est que si elle s'est réellement mis en tête d'obtenir le petit, il n'est rien qu'elle ne fasse pour l'avoir — rien ! »

Lui aussi, voyais-je, aurait aimé que les physiciens s'attaquent aux femmes oisives, sans enfant et de tempérament sanguin, avant de triturer l'atome. Pourtant, songeai-je en le regardant s'éloigner à grands pas le long de la terrasse, chantant à plein gosier, il y a là de la force, il y a assez de vie dans ces membres élastiques, derrière ces brillants yeux gris, pour lutter sérieusement même contre l'énergie vitale accumulée de la signora Bondi.

C'est quelques jours après que mon gramophone et deux ou trois coffrets de disques arrivèrent d'Angleterre. Ils nous étaient d'un grand agrément sur notre colline, fournissant la seule chose qui manquait dans cette solitude spirituellement fertile — à part cela, l'île parfaite des Robinsons suisses —, la musique. On n'entend pas beaucoup de musique de nos jours à Florence. L'époque où le Dr. Burney pouvait faire le tour de l'Italie et assister à une succession permanente de nouveaux opéras, symphonies, quatuors, cantates, est révolue. Finis les jours où un musicien savant, inférieur au seul Révérend Père Martini de Bologne, pouvait admirer ce que chantaient les paysans et ce que les joueurs ambulants tambourinaient et raclaient sur leurs instruments. J'ai voyagé des semaines entières dans la péninsule et n'ai guère entendu une note qui ne soit *Salomé* ou l'hymne fasciste. Pauvres en tout ce qui rend la vie agréable ou même supportable, les métropoles du Nord sont riches en musique. C'est peut-être le seul attrait qui puisse inciter un homme raisonnable à y vivre. Les autres attractions — la gaieté organisée, les gens, la conversation, les plaisirs sociaux —, que sont-elles, sinon une débauche d'esprit qui n'apporte rien en retour ? Et puis le froid, l'obscurité, l'humidité, la malpropreté... Non, quand il n'y a pas de nécessité qui retienne, la musique est le seul attrait. Et cela, grâce au génie d'Edison, peut maintenant se transporter dans une boîte et être déballé dans n'importe quelle solitude. On peut vivre au Bénin, à Nuneaton, ou à Tozeur au Sahara, et entendre néanmoins les quatuors de Mozart, des morceaux du *Clavecin bien tempéré*, la

Cinquième Symphonie, le quintette avec clarinette de Brahms et des motets de Palestrina.

Carlo, qui était descendu à la gare avec sa charrette et son mulet pour chercher la caisse, fut vivement intéressé par l'appareil.

« On entendra à nouveau de la musique », dit-il en me regardant déballer le gramophone et les disques. « Il est difficile d'en faire beaucoup soi-même. »

N'empêche, songeai-je, qu'il réussissait à en faire pas mal. Par les nuits tièdes, nous l'entendions, assis sur le seuil de sa maison, jouer de sa guitare et chanter à voix douce ; le fils aîné reprenait la mélodie sur sa mandoline, et parfois la famille entière se mettait de la partie ; l'obscurité était emplie de leurs chants passionnés et gutturaux. Ils chantaient surtout des chansons de Piedigrotta ; les voix coulaient langoureusement d'un bout à l'autre de la gamme, avec de brusques sanglots modulés. De loin et sous les étoiles, l'effet n'était pas déplaisant.

« Avant la guerre », poursuivit-il, « lorsque les choses étaient normales » (Carlo espérait, croyait même, que les temps normaux allaient revenir et que la vie serait bientôt aussi bon marché et facile qu'elle l'avait été avant le déluge), « j'allais entendre les opéras au Politeama. Ah, qu'ils étaient beaux ! Mais l'entrée coûte cinq lires, maintenant. »

« C'est trop », approuvai-je.

« Avez-vous *Le Trouvère ?* » demanda-t-il.

Je secouai la tête.

« *Rigoletto ?* »

« Mon Dieu, non. »

« *La Bohème ? La fille du Far West ? Paillasse ?* »

Je dus continuer à le décevoir.

« Pas même *Norma ?* ou le *Barbier* ? »

Je mis Battistini dans « La ci darem la mano » de *Don Giovanni.* Il trouvait que le chant était bon ; mais je voyais qu'il n'aimait pas beaucoup la musique. Pourquoi ? Il n'arrivait pas à l'expliquer.

« Cela ne ressemble pas à *Paillasse* », finit-il par dire.

« Cela ne palpite pas ? » hasardai-je, utilisant un mot qui, j'en étais sûr, lui serait familier ; car, en Italie, il figure dans tout discours politique et dans tout éditorial patriotique.

« Non, ça ne palpite pas », approuva-t-il.

Et je réfléchis que c'est précisément la différence entre *Paillasse* et *Don Giovanni*, entre ce qui palpite et ce qui ne palpite pas, que le goût musical moderne se sépare de l'ancien. La corruption du meilleur, pensai-je, est ce qu'il y a de pire. Beethoven a fait vibrer la musique de sa passion intellectuelle et spirituelle. Elle n'a cessé de vibrer depuis lors, mais de la passion d'hommes inférieurs. Indirectement, songeai-je, Beethoven est responsable de *Parsifal*, de *Paillasse*, et de la *Danse du Feu ;* encore plus indirectement, de *Samson et Dalila* et de *Oublie-moi.* Les mélodies de Mozart sont certes brillantes, mémorables, communicatives ; mais elles ne vibrent pas, ne vous mettent pas aux bord des larmes, n'emportent pas dans des extases érotiques celui qui les écoute.

Carlo et les aînés de ses enfants furent déçus, je le crains, par mon gramophone. Ils étaient cependant trop polis pour le dire ouvertement ; ils cessèrent simplement, après les premiers jours, de prendre un intérêt quelconque à l'appareil et à la musique qu'il jouait. Ils préféraient la guitare et leurs chansons.

Guido, par contre, fut immensément intéressé. Il aimait non pas les joyeux airs de danse dont les rythmes vifs enchantaient notre petit Robin, qui faisait indéfiniment le tour de la pièce en tapant des pieds, s'imaginant qu'il était un régiment de soldats, mais la musique authentique. Le premier disque qu'il entendit, je m'en souviens, fut le mouvement lent du concerto en *ré* mineur pour deux violons de Bach. Je le mis sur le plateau dès que Carlo m'eut quitté. Cela me semblait l'un des morceaux de musique les plus musicaux, les plus propices à rafraîchir mon esprit altéré — la plus fraîche et la plus limpide de toutes les boissons. Le morceau venait de débuter et commençait à déployer ses beautés pures et mélancoliques selon les lois de la logique intellectuelle la plus exigeante lorsque les deux enfants, Guido en tête et le petit Robin hors d'haleine derrière, firent bruyamment irruption dans la pièce par la loggia.

Guido tomba en arrêt devant le gramophone et

resta immobile, à écouter. Ses pâles yeux bleu-gris s'écarquillèrent ; avec un petit geste nerveux que j'avais déjà souvent observé chez lui, il tira sur sa lèvre inférieure avec le pouce et l'index. Il avait dû prendre une inspiration profonde, car je remarquai qu'après avoir écouté quelques secondes il expira vivement et aspira une nouvelle bouffée d'air frais. Un instant, il me regarda — d'un regard interrogateur, étonné, ravi —, il eut un petit rire qui s'acheva en une sorte de frisson nerveux, puis revint à la source de ces sons incroyables. Imitant servilement son aîné, Robin s'était aussi campé devant le gramophone, exactement dans la même pose, jetant de temps à autre un coup d'œil sur Guido pour s'assurer qu'il faisait bien tout, jusqu'au geste de tirer sur sa lèvre, correctement. Mais, au bout d'une minute, il en eut assez.

« Des soldats », dit-il en se tournant vers moi, « je veux des soldats. Comme à Londres. » Il se rappelait les gigues et les marches joyeuses autour de la pièce.

Je posai un doigt sur mes lèvres. « Tout à l'heure », chuchotai-je.

Robin parvint à rester silencieux et immobile quelque vingt secondes encore. Puis il saisit Guido par le bras en criant « Vieni, Guido ! Des soldats. Soldati. Vieni giuocare soldati. »

C'était la première fois que je voyais Guido s'impatienter. « Vai ! » chuchota-t-il avec colère, donnant une tape sur la main de Robin qui s'agrippait à lui et le repoussant avec rudesse. Il se pencha un peu plus près de l'instrument, comme pour rattraper en écoutant encore plus intensément ce que l'interruption lui avait fait perdre.

Robin le regardait, ébahi. Une chose pareille ne s'était jamais produite. Puis il éclata en sanglots et vint à moi pour se faire consoler.

Quand la querelle fut apaisée — et Guido, sincèrement repentant, fut gentil comme il savait l'être, lorsque la musique se fut tue et que son esprit fut à nouveau libre de penser à Robin — je lui demandai comment il avait trouvé la musique. Il me dit qu'il la trouvait belle. Mais *bello* en Italien est un terme trop vague, trop fréquemment et facilement prononcé pour signifier grand-chose.

« Qu'est-ce que tu as préféré ? » insistai-je. Car il avait paru tellement aimer la musique que j'étais curieux de savoir ce qui l'avait réellement impressionné.

Il resta un moment silencieux, plissant le front pensivement. « Eh bien », dit-il enfin, « j'ai aimé la partie qui était comme cela. » Il fredonna une longue phrase. « Puis il y a autre chose qui chante en même temps — mais qu'est-ce que c'est que ces choses », s'interrompit-il, « qui chantent comme ça ? »

« On les appelle violons », dis-je.

« Des violons ». Il hocha la tête. « Eh bien, l'autre violon fait comme ça. » Il se remit à fredonner. « Pourquoi ne peut-on pas chanter les deux à la fois ? Qu'y a-t-il dans cette boîte ? Qu'est-ce qui la fait faire ce bruit ? » L'enfant débordait de questions.

Je lui répondis de mon mieux, lui montrant les petites spirales sur le disque, l'aiguille, le diaphragme. Je lui dis de se rappeler comment la corde de la guitare tremblait quand on la pinçait. Le son est une secousse de l'air, lui dis-je, et j'essayai de lui expliquer comment ces secousses s'impriment sur le disque noir. Guido m'écoutait gravement, hochant de temps en temps la tête. J'eus l'impression qu'il comprenait parfaitement tout ce que je disais.

Cependant le pauvre Robin avait atteint un tel degré d'ennui que, pris de pitié, j'envoyai les deux enfants jouer dans le jardin. Guido sortit docilement ; mais je voyais qu'il aurait préféré rester à l'intérieur à écouter d'autre musique. Un peu plus tard, lorsque je regardai dehors, il était caché dans l'épaisseur du grand laurier, rugissant comme un lion, et Robin, riant un peu nerveusement, comme s'il craignait que le bruit horrible finisse par être le rugissement d'un vrai lion, frappait le buisson avec un bâton et hurlait : « Sors, sors ! je veux te tirer dessus. »

Après le déjeuner, lorsque Robin monta faire sa sieste, Guido réapparut. « Est-ce que je peux écouter la musique, maintenant ? » demanda-t-il. Une heure durant, il resta assis en face de l'appareil, la tête légèrement penchée de côté, tandis que je lui faisais passer disque sur disque.

Dès lors, il revint tous les après-midi. Il connut bientôt toute ma collection de disques, eut ses préférences et ses aversions, et fut capable de demander ce qu'il voulait en chantonnant le thème principal.

« Je n'aime pas celui-là », dit-il du *Till Eulenspiegel* de Strauss. « C'est comme ce que nous chantons à la maison. Pas exactement, vous savez. Mais un peu comme ça tout de même. Vous comprenez ? » Il nous regardait d'un air perplexe et implorant, comme s'il nous suppliait de le comprendre et de lui éviter ainsi de continuer l'explication. Nous acquiesçâmes et Guido reprit : « Et puis, la fin n'a pas l'air de sortir comme il faut du commencement. Ce n'est pas comme celui que vous avez passé la première fois. » Il fredonna une mesure ou deux du mouvement lent du concerto en *ré* mineur de Bach.

« Ce n'est pas », proposai-je, « comme lorsqu'on dit : Tous les petits garçons aiment jouer. Guido est un petit garçon. Donc Guido aime jouer. »

Il fronça les sourcils. « Oui, c'est peut-être ça », dit-il enfin. « Celui que vous avez joué en premier est plus comme ça. Mais, vous savez », ajouta-t-il avec un souci excessif de la vérité, « je n'aime pas autant jouer que Robin. »

Wagner était au nombre de ses antipathies ; ainsi que Debussy. Lorsque je lui passai le disque de l'une des *Arabesques* de Debussy, il dit : « Pourquoi répète-t-il toujours la même chose ? Il devrait dire quelque chose de nouveau, ou continuer, ou faire grandir la chose. Ne peut-il pas avoir une idée différente ? » Mais il était moins critique pour l'*Après-midi d'un Faune.* « Les choses ont de belles voix », dit-il.

Mozart le plongeait dans le ravissement. Le duo de *Don Giovanni* qui, au goût de son père, ne palpitait pas assez, enchantait Guido. Mais il préférait les quatuors et les morceaux d'orchestre.

« J'aime la musique », dit-il, « plus que le chant. »

La plupart des gens, pensai-je, aiment mieux le chant que la musique, s'intéressent plus à l'exécutant qu'à ce qu'on exécute et trouvent l'orchestre impersonnel moins émouvant que le soliste. Le toucher du pianiste est la touche humaine ; le contre-*ut* du soprano est la note personnelle. C'est pour ce toucher, pour cette note, que le public remplit les salles de concert.

Guido, cependant, préférait la musique. Oui, il aimait « La ci darem » ; il aimait « Deh vieni alla finestra » ; il trouvait « Che soave zefiretto » si joli que nous devions commencer par là tous nos concerts. Mais il préférait les autres choses. L'ouverture de *Figaro* était parmi ses favoris. Il y a un passage, non loin du début, où les premiers violons s'élancent tout d'un coup sur les sommets de la beauté. Lorsque la musique approchait de cet endroit, je voyais toujours un sourire s'amorcer et éclairer graduellement le visage de Guido ; et quand, ponctuellement, l'événement se produisait, il battait des mains et riait tout haut de plaisir.

Sur l'autre face du même disque, se trouvait l'ouverture d'*Egmont* de Beethoven. Il le préférait presque encore à *Figaro.*

« Il a plus de voix », expliqua-t-il. Et je fus ravi de la pénétration de cette critique ; car c'est précisément par la richesse de son orchestration qu'*Egmont* dépasse *Figaro.*

Mais ce qui le transportait plus que tout était l'ouverture de *Coriolan.* Le troisième mouvement de la *Cinquième Symphonie*, le second mouvement de la *Septième*, le mouvement lent du concerto *L'Empereur* — ces morceaux le suivaient de très près. Mais aucun ne le surexcitait autant que *Coriolan.* Un jour, il me le fit passer trois ou quatre fois de suite ; puis il le mit de côté.

« Je ne crois pas que j'aie envie de l'entendre encore », dit-il.

« Pourquoi ? »

« C'est trop… trop… », il hésitait, « trop grand », dit-il enfin. « Je ne le comprends pas vraiment. Mettez-moi celui qui fait comme ça. » Il fredonna la phrase du concerto en *ré* mineur.

« Tu aimes mieux celui-là ? » demandai-je.

Il secoua la tête. « Non, ce n'est pas vraiment ça. Mais c'est plus facile. »

« Plus facile ? » Cela me semblait un mot étrange, appliqué à Bach.

« Je le comprends mieux. »

Un après-midi, alors que nous étions au milieu de notre concert, la signora Bondi fut annoncée. Elle se montra immédiatement débordante d'affection pour l'enfant ; l'embrassa, lui tapota la tête, lui fit les compliments les plus outrés. Guido s'écartait d'elle.

« Et tu aimes la musique ? » demanda-t-elle.

L'enfant fit oui de la tête.

« Je crois qu'il est doué », dis-je. « En tout cas, il a une merveilleuse oreille et une puissance d'audition et de critique telle que je n'en ai jamais vu chez un enfant de son âge. Nous pensons louer un piano pour qu'il puisse apprendre à jouer. »

L'instant d'après, je me maudissais de ma franchise intempestive dans l'éloge que j'avais fait du garçon. Car la signora Bondi se mit sur-le-champ à protester que si on lui confiait l'enfant, elle lui donnerait les meilleurs maîtres, développerait son talent, ferait de lui un maestro accompli — et, chemin faisant, un enfant prodige. Je suis sûr qu'à ce moment elle se voyait maternellement assise, vêtue de satin noir et parée de ses perles, à l'ombre de l'énorme Steinway, tandis qu'un Guido angélique, habillé en petit Lord Fauntleroy, exécuterait Liszt et Chopin, à la joie bruyante d'une foule d'auditeurs. Elle voyait les bouquets, elle entendait les applaudissements et les compliments bien sentis avec lesquels les vieux maestri, touchés aux larmes, salueraient le petit génie. Il devenait pour elle plus important que jamais d'acquérir l'enfant.

« Tu lui as mis l'eau à la bouche », dit Elizabeth après le départ de la signora Bondi. « Tu feras mieux, la prochaine fois, de lui dire que tu t'es trompé et que Guido n'a aucun talent musical. »

Au terme fixé, le piano arriva. Après lui avoir donné le minimum d'instruction préliminaire, je laissai Guido se débrouiller. Il commença par retrouver lui-même les mélodies qu'il avait entendues, reconstruisant les harmonies dans lesquelles elles étaient enchâssées. Au bout de quelques leçons, il comprit les rudiments de la notation musicale et fut capable de déchiffrer un passage simple, très lentement toutefois. Le processus de la lecture lui était encore étranger ; il avait appris ses lettres au hasard, mais personne ne lui avait appris à lire des mots et des phrases entières.

J'eus soin, dès que je vis la signora Bondi, de l'assurer que Guido m'avait déçu. Il n'y avait rien d'exceptionnel dans son talent musical. Elle en exprima beaucoup de regrets ; mais je voyais qu'elle ne me croyait pas. Elle pensait sans doute que nous avions aussi des vues sur l'enfant et que nous voulions nous réserver le petit prodige, avant qu'elle pût faire valoir ses droits, la privant ainsi de ce qu'elle considérait presque comme un dû féodal. Car, après tout, n'étaient-il pas ses paysans ? Si quelqu'un devait bénéficier de l'adoption de l'enfant, ce devait être elle.

Avec tact et diplomatie, elle reprit ses pourparlers avec Carlo. Le gamin, souligna-t-elle, avait du génie. C'était le monsieur étranger qui le lui avait dit, et il était évidemment le genre d'homme qui savait ces sortes de choses. Si Carlo la laissait adopter l'enfant, elle lui ferait donner des leçons. Il deviendrait un célèbre maestro et aurait des engagements en Argentine, aux États-Unis, à Paris et à Londres. Il gagnerait des millions et des millions. Pensez à Caruso, par exemple. Une part des millions reviendrait, bien sûr, à Carlo. Mais avant qu'ils se mettent à tomber, ces millions, l'enfant devait être instruit. Et l'instruction était très chère. Dans son propre intérêt, comme dans celui de son fils, il devait la laisser prendre l'enfant en charge. Carlo dit qu'il allait y penser et s'adressa de nouveau à nous pour nous demander conseil. Nous suggérâmes qu'il était préférable de toute façon d'attendre un peu et de voir quels progrès il faisait.

Il faisait, malgré mes affirmations à la signora Bondi, d'excellents progrès. Tous les après-midi, pendant que Robin dormait, il venait pour son concert et sa leçon. Le déchiffrage marchait remarquablement bien ; ses petits doigts acquéraient de la force et de l'agilité. Mais, ce qui m'intéressait davantage, il s'était mis à composer de petits morceaux. J'en notai quelques-uns quand il les jouait et je les ai encore. La plupart, assez bizarrement, pensai-je alors, sont des canons. Il avait la passion des canons. Lorsque je lui expliquai les principes de cette forme, il fut enchanté.

« C'est beau », dit-il avec admiration. « Beau, beau. Et si facile ! »

De nouveau, le mot me surprit. Le canon n'est pas, après tout, si manifestement simple. Dès lors, il passa presque tout son temps au piano à composer de petits canons pour son propre plaisir. Ils étaient souvent très ingénieux. Mais il ne se montra pas aussi fertile que je l'avais espéré dans l'invention d'autres sortes de musique. Il composa et harmonisa un ou deux petits airs solennels comme des cantiques, ainsi que quelques morceaux animés, sortes de marches militaires. Ils étaient extraordinaires, bien sûr, en tant qu'inventions d'enfant. Mais nombre d'enfants peuvent faire des choses extraordinaires ; nous sommes tous des génies jusqu'à dix ans. J'avais espéré que Guido était un enfant qui serait un génie à quarante ans ; auquel cas, ce qui était extraordinaire pour un enfant ordinaire n'était pas assez extraordinaire pour lui. « Ce n'est pas un Mozart », nous fallut-il conclure, lorsque nous rejouâmes ses petits morceaux. J'étais, il faut l'avouer, presque blessé. Tout ce qui était inférieur à Mozart, me semblait-il, ne valait guère la peine qu'on y pense.

Ce n'était pas un Mozart, non. Mais c'était quelqu'un, comme je devais le découvrir, de tout aussi extraordinaire. C'est un matin au début de l'été que j'en fis la découverte. J'étais assis à travailler dans l'ombre tiède du balcon orienté à l'ouest. Guido et Robin jouaient dans le petit jardin clos en dessous. Absorbé par mon travail, ce n'est, je suppose, que quand le silence se fut prolongé un temps considérable que je me rendis compte que les enfants faisaient remarquablement peu de bruit. Il n'y avait pas de cris, pas de courses ; rien qu'une conversation paisible. Sachant par expérience que, lorsque des enfants sont tranquilles, cela veut généralement dire qu'ils sont absorbés dans quelque bêtise délicieuse, je me levai de mon fauteuil et regardai par-dessus la balustrade pour voir ce qu'ils faisaient. Je pensais les trouver en train de tripoter l'eau, de faire un feu de joie ou de se couvrir de goudron. Mais ce que je vis effectivement fut Guido, un bout de bois brûlé à la main, démontrant sur les dalles lisses de l'allée que le carré de l'hypoténuse d'un triangle rectangle est égal à la somme des carrés des deux autres côtés.

À genoux par terre, il dessinait sur les pavés de la pointe de son bâton noirci. Et Robin, agenouillé pour l'imiter à côté de lui, commençait, je le voyais, à s'impatienter de ce jeu très lent.

« Guido », dit-il. Mais Guido ne lui prêtait pas attention. Les sourcils pensivement froncés, il continuait sa figure. « Guido ! » Le plus jeune des deux enfants se pencha et se tordit le cou pour regarder Guido en face. « Pourquoi ne dessines-tu pas un train ? »

« Tout à l'heure », dit Guido. « Mais je veux d'abord te montrer ça. C'est si beau », ajouta-t-il cajoleur.

« Mais je veux un train », insista Robin.

« Dans un instant. Attends un instant, s'il te plaît. » Le ton était presque implorant. Robin s'arma d'une patience nouvelle. Une minute plus tard, Guido avait fini ses deux figures.

« Voilà ! » dit-il triomphalement, et il se redressa pour les regarder. « Maintenant, je vais t'expliquer. »

Et il se lança dans la démonstration du théorème de Pythagore — non pas à la manière d'Euclide, mais par la méthode plus simple et plus satisfaisante qui fut, en toute probabilité, employée par Pythagore lui-même. Il avait dessiné un carré qu'il avait divisé, avec deux perpendiculaires en croix, en deux carrés et deux rectangles égaux. Il abaissa alors la diagonale de ces deux rectangles, les divisant ainsi en quatre triangles rectangles égaux. On voit ainsi que les deux carrés sont ceux qui sont construits sur les côtés de l'angle droit de ces triangles. Voilà pour la première figure. Dans la seconde, il prenait les quatre triangles rectangles qu'il avait tirés des deux rectangles et les disposait autour du carré primitif de manière que leurs angles droits coïncident avec les coins du carré, les hypoténuses à l'intérieur, et les deux côtés des triangles dans le prolongement des côtés du carré (qui sont chacun égaux à la somme de ces côtés). Ainsi le carré primitif est redivisé en quatre triangles rectangles et le carré est sur l'hypoténuse. Les quatre triangles sont égaux aux deux rectangles de la décomposition originelle. Donc, le carré de l'hypoténuse est égal à la somme des deux carrés — les carrés des deux autres côtés — en quoi, avec les rectangles, le carré primitif avait d'abord été décomposé.

En langage fort peu technique, mais clairement et avec une logique implacable, Guido fit sa démonstration. Robin écoutait avec, sur son visage éveillé couvert de taches de rousseur, un air d'incompréhension totale.

« Treno », répétait-il de temps à autre. « Treno. Dessine un train. »

« Un instant », implorait Guido. « Attends un peu. Mais regarde donc ça. Regarde. » Il se fit enjôleur. « C'est si beau. C'est si facile. »

Si facile… Le théorème de Pythagore me parut expliquer les goûts musicaux de Guido. Ce n'était pas un Mozart en herbe que nous avions chéri ; c'était un petit Archimède avec, comme la plupart de ses pairs, un penchant accessoire pour la musique.

« Treno, treno ! » hurlait Robin, de plus en plus impatient à mesure que se poursuivait l'exposé. Et lorsque Guido insista pour continuer sa démonstration, il se mit en colère. « Cattivo Guido », cria-t-il et il se mit à lui donner des coups de poing.

« Très bien », se résigna Guido. « Je vais te faire un train. » Et, avec son bâton charbonneux, il se mit à griffonner sur les pierres.

Je le considérai un moment en silence. Ce n'était pas un très beau train. Guido était peut-être capable d'inventer tout seul et de démontrer le théorème de Pythagore ; mais il n'était pas très fort en dessin.

« Guido ! » appelai-je. Les deux enfants se retournèrent et levèrent les yeux. « Qui t'a appris à dessiner ces carrés ? » Il était évidemment concevable que quelqu'un lui ait appris.

« Personne. » Il secoua la tête. Puis, avec une certaine anxiété, comme s'il avait peur qu'il y eût quelque chose de mal à dessiner des carrés, il se mit à s'excuser et à s'expliquer. « Vous voyez », dit-il, « cela m'a paru si beau. Parce que ces carrés » — il désigna les deux petits carrés de la première figure — « sont exactement aussi grands que celui-là. » Et, indiquant le carré sur l'hypoténuse de la seconde figure, il me regarda avec un sourire désarmant.

Je hochai la tête. « Oui, c'est très beau », dis-je, « c'est vraiment très beau. »

Une expression de soulagement ravi éclaira son visage ; il rit de plaisir. « Vous voyez, c'est comme ça », reprit-il, avide de m'initier au glorieux secret qu'il avait découvert. « Vous séparez ces deux longs carrés » — il voulait dire les rectangles — « en deux tranches. Et puis il y a quatre morceaux, tous exactement pareils, parce que, parce que — oh, j'aurais dû dire ça avant —, parce que ces longs carrés sont les mêmes, parce que ces lignes, vous voyez... »

« Mais je veux un train », protestait Robin.

Penché sur l'appui du balcon, j'observai les enfants en dessous. Je pensai à la chose extraordinaire que je venais de voir et à ce qu'elle signifiait.

Je pensai aux énormes différences entre les êtres humains. Nous classons les hommes d'après la couleur de leurs yeux et de leurs cheveux, la forme de leurs crânes. Ne serait-il pas plus sensé de les diviser en espèces intellectuelles ? Il y aurait des gouffres encore plus larges entre les types mentaux extrêmes qu'entre un Boshiman et un Scandinave.

Quand cet enfant sera grand, songeai-je, il sera par rapport à moi, intellectuellement, ce qu'un homme est à un chien. Et d'autres hommes et d'autres femmes sont peut-être presque des chiens par rapport à moi.

Peut-être que les hommes de génie sont les seuls hommes vrais. Dans toute l'histoire de l'espèce, il n'y a eu que quelques milliers d'hommes réels. Et le reste d'entre nous, que sommes-nous ? Des animaux éducables. Sans l'aide des vrais hommes, nous n'aurions presque rien découvert. Presque toutes les idées qui nous sont familières n'auraient jamais pu venir à des esprits comme les nôtres. Semez les graines et elles pousseront ; mais nos esprits n'auraient jamais pu les engendrer spontanément.

Il y a eu des nations entières de chiens ; des époques entières où nul homme n'a vu le jour. Aux termes égyptiens, les Grecs ont emprunté l'expérience grossière, les règles empiriques et en ont fait des sciences. Plus de mille ans s'écoulèrent avant qu'Archimède eût un successeur qui lui fût comparable. Il n'y a eu qu'un Bouddha, qu'un Jésus, qu'un seul Bach à notre connaissance, qu'un Michel-Ange.

Est-ce par pur hasard, me demandai-je, qu'un homme naît de temps en temps ? Qu'est-ce qui en fait éclore toute une constellation au même moment et chez un même peuple ? Taine pensait que Vinci, Michel-Ange et Raphaël naquirent en leur temps parce que l'heure était mûre pour de grands peintres et que le décor italien leur convenait. Dans la bouche d'un rationaliste français du dix-neuvième siècle, cette doctrine est bizarrement mystique ; ce qui ne veut pas dire qu'elle soit fausse. Mais qu'en est-il de ceux qui naissent intempestivement ? Blake par exemple. Comment les expliquer ?

Cet enfant, pensai-je, a eu la chance de naître à une époque qui lui permettra de mettre ses dons à profit. Il trouvera à portée de la main les méthodes d'analyse les plus élaborées ; il aura derrière lui une expérience prodigieuse. S'il était né quand se bâtissait Stonehenge, il aurait pu consacrer une vie entière à découvrir les rudiments de ce qu'il pourra maintenant avoir une chance de prouver. Né à l'époque de la Conquête normande, il aurait dû démêler toutes les difficultés préliminaires créées par des symboles inadéquats ; car il lui aurait fallu longtemps, par exemple, pour apprendre l'art de diviser MMMCCCLXXXVIII par MCMXIX. Aujourd'hui il lui faudra cinq ans pour apprendre ce que des générations d'hommes ont découvert.

Et je pensai au destin de tous les hommes nés si malencontreusement à contretemps qu'ils ne purent accomplir que peu ou rien qui eût de la valeur. Beethoven né en Grèce aurait dû se contenter de jouer d'aigres mélodies sur la flûte ou la lyre ; dans cet environnement intellectuel, il ne lui aurait guère été possible d'imaginer la nature de l'harmonie.

Ayant dessiné des trains, les enfants en bas s'étaient mis à y jouer. Ils tournaient en rond, gonflant des joues rondes et la bouche en avant, comme des chérubins symbolisant le vent. Robin faisait « teuf-teuf » et Guido, le tenant par le pan de sa blouse, traînait les pieds derrière lui en sifflant. Ils couraient en avant, reculaient, s'arrêtaient à des gares imaginaires, s'aiguillaient sur d'autres voies, grondaient en franchissant des ponts, s'engouffraient dans des tunnels, subissaient de temps à autre tamponnements et déraillements. Le jeune Archimède paraissait aussi heureux que le petit barbare aux cheveux pâles. Quelques minutes auparavant, il s'occupait du théorème de Pythagore. Maintenant, sifflant infatigablement le long des rails imaginés, il était parfaitement content de piétiner d'avant en arrière parmi les plates-bandes, entre les piliers de la loggia, d'entrer dans les sombres tunnels du laurier et d'en sortir. Le fait que l'on va devenir Archimède ne vous empêche pas, en attendant, d'être un enfant joyeux comme les autres. Je pensai à l'étrangeté de ce talent distinct du reste de l'esprit, presque indépendant de l'expérience. Les enfants prodiges types sont musiciens ou mathématiciens ; les autres talents mûrissent lentement sous l'effet de l'expérience et du développement émotif. Jusqu'à trente ans, Balzac ne révéla qu'incapacité ; mais, à quatre ans, le jeune Mozart était déjà un musicien, et quelques-uns des travaux les plus brillants de Pascal furent accomplis avec ses vingt ans.

Dans les semaines qui suivirent, j'alternai les leçons de piano quotidiennes avec des leçons de mathématiques. C'étaient plutôt des indications que des leçons ; car je me contentais de suggérer, d'indiquer des méthodes, et je laissais l'enfant développer lui-même les idées en détail. Ainsi, je l'introduisis à l'algèbre en lui exposant une autre démonstration du théorème de Pythagore. On y abaisse une perpendiculaire du sommet de l'angle droit sur l'hypoténuse, et, raisonnant à partir du fait que les deux triangles ainsi créés sont semblables entre eux et au triangle primitif, et que leurs côtés homologues sont par conséquent proportionnels, on peut montrer algébriquement que $c^2 + d^2$ (les carrés des deux autres côtés) est égal à $a^2 + b^2$ (les carrés des deux segments de l'hypoténuse) + 2ab ; lequel total, comme il est aisé de la démontrer géométriquement, est égal à $(a + b)^2$, ou au carré de l'hypoténuse. Guido fut aussi enchanté par les rudiments de l'algèbre qu'il l'aurait été si je lui avais offert une locomotive à vapeur avec une lampe à alcool pour chauffer la chaudière ; plus peut-être, car la locomotive se serait cassée et, demeurant identique à elle-même, aurait en tout cas perdu de son charme, tandis que les rudiments de l'algèbre croissaient et bourgeonnaient dans son esprit avec une luxuriance inépuisable. Il découvrait tous les jours quelque chose qui lui paraissait d'une exquise beauté ; le nouveau jouet avait des possibilités sans limites.

Dans les intervalles que nous laissait l'application de l'algèbre au second livre d'Euclide, nous fîmes des expériences avec des cercles ; nous plantâmes des bambous sur le sol aride, mesurâmes leur ombre aux différentes heures du jour et tirâmes des conclusions excitantes de nos observations. Quelquefois, pour nous amuser, nous coupions et pliions des feuilles de papier pour faire des cubes et des pyramides. Un après-midi, Guido arriva portant avec soin dans ses petites mains plutôt sales un dodécaèdre précaire.

« E tanto bello ! » dit-il en nous montrant son cristal de papier. Quand je lui demandai comment il avait réussi à le faire, il se contenta de sourire et dit que cela avait été bien facile. Je regardai Elizabeth et ris. Mais je sentais qu'il aurait été plus symboliquement approprié que je me mette à quatre pattes, que je remue le prolongement spirituel de mon coccyx et que j'aboie mon admiration.

Ce fut un été exceptionnellement chaud. Au début de juillet notre petit Robin, peu habitué à ces températures élevées, avait la mine pâle et fatiguée ; il était distrait, manquait d'appétit et d'énergie. Le médecin recommanda l'air de la montagne. Nous décidâmes de passer les dix ou douze prochaines semaines en Suisse. Je donnai à Guido, en cadeau d'adieu, les six premiers livres d'Euclide en italien. Il tourna les pages, s'extasiant devant les figures.

« Si seulement je savais lire correctement », dit-il, « je suis si bête. Mais je vais vraiment essayer d'apprendre ».

De notre hôtel près de Grindelwald nous envoyâmes à l'enfant, au nom de Robin, diverses cartes postales de vaches, de cors des Alpes, de chalets suisses, d'edelweiss, etc. Nous ne reçûmes pas de réponse, mais nous n'en attendions pas. Guido ne savait pas écrire, et il n'y avait aucune raison que son père ou ses sœurs prennent la peine d'écrire pour lui. Pas de nouvelles, bonnes nouvelles, pensions-nous. Puis un jour, au début de septembre, arriva à l'hôtel une lettre bizarre. Le directeur l'avait affichée sur le panneau vitré du hall pour que tous les hôtes la voient et que celui qui croyait en conscience qu'elle lui appartenait la réclame.

Passant devant le tableau en allant déjeuner, Elizabeth s'arrêta pour la regarder.

« Mais cela doit être de Guido », dit-elle.

Je m'approchai et examinai la lettre par-dessus son épaule. Elle était sans timbre et noire de cachets postaux. Tracées au crayon, les grosses capitales malhabiles s'étalaient sur l'enveloppe. Sur la première ligne, il y avait AL BABBO DI ROBIN, puis suivait une version travestie du nom de l'hôtel et de la localité. Autour de l'adresse, des postiers déroutés avaient griffonné leurs suggestions. La lettre s'était promenée au moins quinze jours dans toute l'Europe.

« Al Babbo di Robin. Au père de Robin. » Je ris. « Bravo pour la poste d'avoir réussi à l'envoyer ici. » J'allai au bureau du directeur, exposai mes droits à la lettre et, ayant payé la surtaxe de cinquante centimes pour l'absence de timbre, je me fis ouvrir le panneau et donner la lettre. Nous allâmes déjeuner.

« L'écriture est magnifique », remarquâmes-nous en riant, tandis que nous examinions l'enveloppe de près. « Grâce à Euclide », ajoutai-je. « Voilà ce qui arrive si l'on cède à la passion maîtresse. »

Mais lorsque j'ouvris l'enveloppe et regardai son contenu, je ne ris plus. La lettre était brève, presque télégraphique. « SONO DALLA PADRONA », disait-elle, « NON MI PIACE HA RUBATO IL MIO LIVRO NON VOGLIO SUONARE PIU VOGLIO TORNARE A CASA VENGA SUBITO GUIDO. »

« Qu'y a-t-il ? »

Je tendis la lettre à Elizabeth. « Cette damnée femme a mis le grappin sur lui. »

Des bustes d'hommes coiffés de chapeaux à larges bords, des anges trempés de larmes de marbre éteignant des torches, des statues de petites filles, des chérubins, des silhouettes voilées — allégories et réalisme implacable — les idoles les plus étranges et les plus variées s'imposaient et gesticulaient sur notre passage. Indélébiles sur le fer-blanc et enchâssées dans le roc, les photographies brunes surgissaient sous verre, des croix plus humbles, des pierres tombales et des colonnes brisées. Des dames mortes vêtues à la mode cubiste d'il y a trente ans — deux cônes de satin noir se rejoignant à la taille, et les bras : une sphère jusqu'au coude, un cylindre poli en dessous — souriaient tristement dans leurs cadres de marbre. Les visages souriants, les mains blanches étaient les seules marques humaines qui émergeaient de la rigidité géométrique de leurs vêtements. Des hommes aux moustaches noires, des hommes à la barbe blanche, de jeunes hommes imberbes vous dévisageaient ou détournaient le regard, montrant un profil romain. Des enfants guindés dans de beaux habits ouvraient grands les yeux, souriaient d'espoir en guettant le petit oiseau qui devait sortir de l'appareil, souriaient avec scepticisme en sachant qu'il n'en serait rien, souriaient laborieusement et diligemment parce qu'on leur avait dit de sourire. Dans des cottages de marbre d'un gothique flamboyant, les morts plus riches reposaient en privé ; à travers des portes grillagées, on pouvait apercevoir les pleurs de pâles inconsolables, des Génies désespérés gardant le secret de la tombe. Les classes moins prospères dormaient en communauté, serrées mais élégamment abritées sous des dalles de marbre lisse, dont chacune indiquait une tombe distincte.

Ces cimetières du continent, songeai-je, tandis que Carlo et moi cheminions parmi les morts, sont plus effrayants que les nôtres, parce que les gens prêtent plus d'attention à leurs morts que nous. Ce culte primordial des corps, cette tendre sollicitude pour leur bien-être matériel qui conduisit les anciens à abriter leurs morts sous la pierre, pendant qu'eux-mêmes vivaient entre de minces cloisons tressées et sous un toit de chaume, persiste encore ici ; il se retrouve plus vigoureusement que chez nous. Pour une statue dans un cimetière anglais, il y en a ici cent qui gesticulent. Il y a plus de caveaux de famille, ils sont plus « luxueusement aménagés » (comme on dit des bateaux et des hôtels) que ce que l'on trouve chez nous. Et, enchâssées dans chaque pierre tombale, des photographies rappellent aux ossements poudreux la forme qu'ils devront reprendre au jour du Jugement ; à côté de chacune pendent de petites lampes qui doivent brûler avec optimisme le Jour des Morts. Pour l'Homme qui bâtit les Pyramides, ils sont plus proches que nous.

« Si j'avais su », ne cessait de répéter Carlo, « si seulement j'avais su. » Sa voix me parvenait au travers de mes réflexions comme du lointain. « Sur le moment, ça lui était égal. Comment aurais-je pu savoir qu'il le prendrait tellement à cœur ensuite ? Et elle m'a trompé, elle m'a menti. »

Je l'assurai une fois de plus que ce n'était pas sa faute. Quoique, bien sûr, ça l'était, en partie. C'était la mienne aussi ; j'aurais dû envisager l'éventualité et, d'une façon ou d'une autre, prendre des mesures contre elle. Il n'aurait pas dû laisser partir l'enfant, même provisoirement et à titre d'essai, même si cette femme avait fait pression sur lui. Et la pression avait été considérable. Cela faisait plus de cent ans qu'ils travaillaient sur la même propriété, les hommes de la famille de Carlo ; et maintenant, elle avait obligé le vieillard à le menacer de le mettre à la porte. Ce serait horrible de quitter l'endroit ; d'ailleurs, une autre place n'était pas si facile à trouver. Cependant, on lui fit comprendre clairement qu'il pourrait rester s'il laissait la signora avoir l'enfant. Juste un peu pour commencer ; juste pour voir comment il s'habituait. On ne le forcerait pas du tout à rester s'il n'aimait pas ça. Et ce serait tout à l'avantage de Guido, et de son père aussi, en fin de compte. Tout ce qu'avait dit l'Anglais, sur ce que le petit n'était pas un aussi bon musicien qu'il l'avait cru d'abord, était manifestement faux — pure jalousie et étroitesse d'esprit : l'homme voulait se prévaloir lui-même des talents de Guido, c'était tout. Et l'enfant, c'était évident, n'apprendrait rien avec lui. Ce qu'il lui fallait, c'était un véritable maître professionnel.

Toute l'énergie qui, si les physiciens avaient su leur métier, aurait alimenté des dynamos, fut employée dans cette campagne. Elle se déclencha au moment où nous quittâmes la maison, intensivement. Elle aurait plus de chance de réussir, pensait sans aucun doute la signora, si nous n'étions pas là. En outre, il était essentiel de profiter de l'occasion quand elle s'offrait et de saisir l'enfant avant que nous ayons pu faire une offre — car pour elle, il allait de soi que nous voulions l'enfant autant qu'elle.

Jour après jour, elle renouvela l'assaut. Au bout d'une semaine, elle envoya son mari se plaindre de l'état des vignes : elles étaient déplorablement entretenues ; il avait décidé, ou presque, de renvoyer Carlo. Avec soumission, avec honte, obéissant aux ordres supérieurs, le vieux monsieur proféra ses menaces. Le lendemain, la signora Bondi repartit à l'attaque. Le padrone, déclara-t-elle, s'était mis dans une folle colère, mais elle allait faire de son mieux, absolument de son mieux, pour le radoucir. Et après une pause significative, elle se mit à parler de Guido.

À la fin Carlo céda. La femme était trop tenace et possédait trop d'atouts. L'enfant pouvait passer un mois ou deux chez elle, à l'essai. Ensuite, s'il exprimait un réel désir de demeurer avec elle, elle pourrait l'adopter officiellement.

À l'idée d'aller en vacances au bord de la mer — c'était au bord de la mer qu'elle l'emmenait, lui dit la signora Bondi — Guido fut content et excité. Robin lui avait raconté un tas de choses sur la mer. « Tanta acqua ! » Cela lui avait paru presque trop beau pour être vrai. Et voilà qu'il allait vraiment voir cette merveille. Ce fut très gaiement qu'il quitta sa famille.

Mais quand les vacances à la mer furent terminées et que la signora Bondi l'eut ramené à sa maison de Florence, il se mit à avoir le mal du pays. La signora, c'était vrai, le traitait avec beaucoup de gentillesse, lui achetait de nouveaux vêtements, l'emmenait prendre le thé dans la Via Tornabuoni et le bourrait de gâteaux, de glaces à la fraise, de crème fouettée et de chocolats. Mais elle lui faisait étudier le piano plus qu'il ne le voulait et, ce qui était plus grave, elle lui prit son Euclide sous prétexte qu'il perdait trop de temps avec. Et quand il dit qu'il voulait rentrer chez lui, elle le fit taire avec des promesses, des excuses, de purs et simples mensonges. Elle lui dit qu'elle ne pouvait pas le ramener tout de suite, mais que la semaine prochaine, s'il était sage et travaillait bien son piano, la semaine prochaine… Et quand arriva ce moment, elle lui dit que son père ne voulait pas qu'il revienne. Et elle redoubla de caresses, lui fit des cadeaux coûteux et le bourra de nourriture encore plus indigeste. En vain. Guido n'aimait pas sa nouvelle vie, ne voulait pas faire ses gammes, pleurait son livre et se languissait de ses frères et sœurs. La signora Bondi, cependant, continuait d'espérer que le temps et les chocolats arriveraient à faire que l'enfant fût sien ; et pour tenir la famille à distance, elle écrivit régulièrement à Carlo des lettres qui étaient encore censées provenir du bord de la mer (elle prit la peine de les envoyer à une amie qui les réexpédiait à Florence) et dans lesquelles elle brossait le tableau le plus charmant du bonheur de Guido.

C'est alors que Guido m'écrivit sa lettre. Abandonné, comme il le croyait, par les siens — car qu'ils ne prennent pas la peine de venir le voir alors qu'ils étaient si près ne pouvait s'expliquer que par l'hypothèse qu'ils se désintéressaient vraiment de lui — il avait dû me considérer comme son seul et dernier espoir. Et la lettre, avec son adresse fantastique, avait mis presque quinze jours à arriver. Quinze jours — cela avait dû paraître des centaines d'années ; et comme les siècles se succédaient, le pauvre enfant s'était graduellement convaincu que moi aussi je l'avais abandonné. Il ne lui restait pas d'espoir.

« C'est là », dit Carlo.

Je levai les yeux et me trouvai confronté à un énorme monument. Dans une sorte de grotte creusée dans les flancs d'un monolithe de grès gris, l'Amour Sacré, en bronze, embrassait une urne funéraire. En lettres de bronze rivées à la pierre, une longue légende proclamait que l'inconsolable Ernesto Bondi avait élevé ce monument à la mémoire de sa femme bien-aimée, Annunziata, en témoignage de son amour inaltérable pour celle qui lui avait été ravie par une mort prématurée et qu'il espérait rejoindre très bientôt sous cette pierre. La première signora Bondi était morte en 1912. Je songeai au vieillard rivé à la laisse de son chien blanc ; je réfléchis qu'il avait toujours dû être le plus dévoué des époux.

« Ils l'ont enterré ici. »

Nous restâmes longtemps debout en silence. Je sentis les larmes me venir aux yeux en pensant au pauvre enfant couché là sous terre. Je pensai à ces yeux graves et lumineux, à la courbe de ce front magnifique, à la moue mélancolique de la bouche, à l'expression de ravissement qui illuminait son visage lorsqu'il rencontrait une idée nouvelle qui lui plaisait, lorsqu'il entendait un morceau de musique qu'il aimait. Ce magnifique petit être était mort ; et l'esprit qui habitait cette forme, cet esprit étonnant, avait été détruit lui aussi, presque avant d'avoir commencé d'exister.

Et la souffrance qui avait dû précéder l'acte final, le désespoir de l'enfant, la certitude de son complet abandon — c'était terrible d'y penser, terrible.

« Je crois que nous ferions mieux de partir maintenant », dis-je enfin, et je touchai le bras de Carlo. Il était debout comme un aveugle, les yeux fermés, le visage légèrement levé vers la lumière ; d'entre ses paupières closes les larmes ruisselaient, s'accrochaient un instant et roulaient le long des joues. Ses lèvres tremblaient et je voyais qu'il faisait effort pour les tenir serrées. « Allons-nous-en », répétai-je.

Le visage qui avait été immobile dans sa douleur fut soudain convulsé ; il ouvrit les yeux et, à travers les larmes, ils étincelèrent d'une colère violente. « Je la tuerai », dit-il, « je la tuerai. Quand je pense qu'il s'est jeté par la fenêtre, qu'il s'est lancé dans le vide… » Des deux mains il fit un geste violent, les rabattant de dessus sa tête à la hauteur de sa poitrine. « Et puis,… vlan ! » Il frissonna. « Elle est aussi responsable que si elle l'avait poussé elle-même. Je la tuerai. » Il serra les dents.

Il est plus facile d'être en colère que d'être triste, c'est moins douloureux. Il est réconfortant de penser à se venger. « Ne parlez pas comme ça », dis-je. « Cela ne sert à rien. C'est stupide. Et à quoi bon ? » Il avait déjà eu ce genre d'accès, quand le chagrin se faisait trop douloureux et qu'il avait essayé d'y échapper. La colère avait été le moyen le plus facile. J'avais déjà dû le ramener dans le chemin plus dur du chagrin. « Il ne faut pas parler comme ça », répétai-je, et je l'emmenai par l'atroce labyrinthe de tombes, où la mort paraissait encore plus terrible.

Le temps de quitter le cimetière et de descendre de San Miniato vers la Piazzale Michelangelo, il s'était calmé. Sa colère s'était de nouveau noyée dans la tristesse, d'où elle avait tiré sa force et son amertume. À la Piazzale, nous nous arrêtâmes un instant pour contempler la ville dans la vallée à nos pieds. C'était une journée de nuages — de vastes formes flottaient, blanches, dorées et grises, et, entre elles, des taches d'un bleu ténu, transparent. Son lanterneau presque au niveau de nos yeux, le dôme de la cathédrale se révélait dans toute sa légèreté grandiose, son amplitude et sa force aérienne. Sur les innombrables toits bruns et roses de la ville, le soleil de l'après-midi s'étendait mollement, somptueusement et les tours étaient comme vernies, émaillées de vieil or. Je songeai à tous les hommes qui avaient vécu là et qui avaient laissé l'empreinte visible de leur esprit et qui avaient conçu des choses extraordinaires. Je songeai à l'enfant mort.

DÉCOUVREZ LES FOLIO 2 €

Parutions de mai 2009

Karen BLIXEN — *Saison à Copenhague*

Une magnifique et bouleversante histoire d'amour

Julio CORTÁZAR — *La porte condamnée* et autres nouvelles fantastiques

Lorsque la banalité du quotidien prend soudain une dimension aussi inattendue qu'inquiétante, Julio Cortázar nous fait basculer dans son étonnant univers.

Mircea ELIADE — *Incognito à Buchenwald...* suivi de *Adieu !...*

Mircea Eliade, dans ces deux fables étonnantes, entraîne le lecteur à travers une réflexion sur la vie, le temps et la mort.

Romain GARY — *Les trésors de la mer Rouge*

De Djibouti au Yémen, Romain Gary sillonne les terres brûlées et hostiles pour en rapporter un témoignage d'une rare force.

Aldous HUXLEY — *Le jeune Archimède* précédé de *Les Claxton*

Aldous Huxley fait preuve d'un humour et d'une humanité qui placent ces deux nouvelles parmi les plus belles pages de l'auteur du *Meilleur des mondes.*

Régis JAUFFRET — *Ce que c'est que l'amour* et autres microfictions

Près de quarante textes très courts, d'une grande force, pour découvrir le fourmillement de la vie selon Régis Jauffret.

Joseph KESSEL — *Une balle perdue*

Une magnifique histoire d'amitié et d'honneur sur fond de révolte par l'auteur du *Lion.*

LIE-TSEU — *Sur le destin* et autres textes

L'un des textes les plus importants du taoïsme, des conseils pour une vie harmonieuse.

Junichirô TANIZAKI — *Le pont flottant des songes*

Un somptueux éloge de la maternité et une réflexion sur l'image de la femme.

Oscar WILDE *Le portrait de Mr. W. H.*

Passionné par le mystère de Mr. W. H., Oscar Wilde se lance dans une enquête érudite et troublante sur le monde du théâtre élisabéthain.

Dans la même collection

M. D'AGOULT	*Premières années* (Folio n° 4875)
R. AKUTAGAWA	*Rashômon* et autres contes (Folio n° 3931)
AMARU	*La Centurie. Poèmes amoureux de l'Inde ancienne* (Folio n° 4549)
P. AMINE	*Petit éloge de la colère* (Folio n° 4786)
M. AMIS	*L'état de l'Angleterre* précédé de *Nouvelle carrière* (Folio n° 3865)
H. C. ANDERSEN	*L'elfe de la rose* et autres contes du jardin (Folio n° 4192)
ANONYME	*Ma'rûf le savetier* (Folio n° 4317)
ANONYME	*Le poisson de jade et l'épingle au phénix* (Folio n° 3961)
ANONYME	*Saga de Gísli Súrsson* (Folio n° 4098)
G. APOLLINAIRE	*Les Exploits d'un jeune don Juan* (Folio n° 3757)
ARAGON	*Le collaborateur* et autres nouvelles (Folio n° 3618)
I. ASIMOV	*Mortelle est la nuit* précédé de *Chante-cloche* (Folio n° 4039)
S. AUDEGUY	*Petit éloge de la douceur* (Folio n° 4618)
AUGUSTIN (SAINT)	*La Création du monde et le Temps* suivi de *Le Ciel et la Terre* (Folio n° 4322)

MADAME D'AULNOY	*La Princesse Belle Étoile et le prince Chéri* (Folio n° 4709)
J. AUSTEN	*Lady Susan* (Folio n° 4396)
H. DE BALZAC	*L'Auberge rouge* (Folio n° 4106)
H. DE BALZAC	*Les dangers de l'inconduite* (Folio n° 4441)
É. BARILLÉ	*Petit éloge du sensible* (Folio n° 4787)
J. BARNES	*À jamais* et autres nouvelles (Folio n° 4839)
S. DE BEAUVOIR	*La Femme indépendante* (Folio n° 4669)
T. BENACQUISTA	*La boîte noire* et autres nouvelles (Folio n° 3619)
K. BLIXEN	*L'éternelle histoire* (Folio n° 3692)
BOILEAU-NARCEJAC	*Au bois dormant* (Folio n° 4387)
M. BOULGAKOV	*Endiablade* (Folio n° 3962)
R. BRADBURY	*Meurtres en douceur* et autres nouvelles (Folio n° 4143)
L. BROWN	*92 jours* (Folio n° 3866)
S. BRUSSOLO	*Trajets et itinéraires de l'oubli* (Folio n° 3786)
J. M. CAIN	*Faux en écritures* (Folio n° 3787)
MADAME CAMPAN	*Mémoires sur la vie privée de Marie-Antoinette* (Folio n° 4519)
A. CAMUS	*Jonas ou l'artiste au travail* suivi de *La pierre qui pousse* (Folio n° 3788)
A. CAMUS	*L'été* (Folio n° 4388)
T. CAPOTE	*Cercueils sur mesure* (Folio n° 3621)
T. CAPOTE	*Monsieur Maléfique* et autres nouvelles (Folio n° 4099)
A. CARPENTIER	*Les élus* et autres nouvelles (Folio n° 3963)
M. DE CERVANTÈS	*La petite gitane* (Folio n° 4273)

R. CHANDLER	*Un mordu* (Folio n° 3926)
I. DE CHARRIÈRE	*Sir Walter Finch et son fils William* (Folio n° 4708)
J. CHEEVER	*Une Américaine instruite* précédé de *Adieu, mon frère* (Folio n° 4840)
G. K. CHESTERTON	*Trois enquêtes du Père Brown* (Folio n° 4275)
E. M. CIORAN	*Ébauches de vertige* (Folio n° 4100)
COLLECTIF	*Au bonheur de lire* (Folio n° 4040)
COLLECTIF	*« Dansons autour du chaudron »* (Folio n° 4274)
COLLECTIF	*Des mots à la bouche* (Folio n° 3927)
COLLECTIF	*« Il pleut des étoiles »* (Folio n° 3864)
COLLECTIF	*« Leurs yeux se rencontrèrent... »* (Folio n° 3785)
COLLECTIF	*« Ma chère Maman... »* (Folio n° 3701)
COLLECTIF	*« Mon cher Papa... »* (Folio n° 4550)
COLLECTIF	*« Mourir pour toi »* (Folio n° 4191)
COLLECTIF	*« Parce que c'était lui ; parce que c'était moi »* (Folio n° 4097)
COLLECTIF	*« Que je vous aime, que je t'aime ! »* (Folio n° 4841)
COLLECTIF	*Sur le zinc* (Folio n° 4781)
COLLECTIF	*Un ange passe* (Folio n° 3964)
COLLECTIF	*1, 2, 3... bonheur !* (Folio n° 4442)
CONFUCIUS	*Les Entretiens* (Folio n° 4145)
J. CONRAD	*Jeunesse* (Folio n° 3743)
J. CONRAD	*Le retour* (Folio n° 4737)
B. CONSTANT	*Le Cahier rouge* (Folio n° 4639)

J. CORTÁZAR	*L'homme à l'affût* (Folio n° 3693)
J. CRUMLEY	*Tout le monde peut écrire une chanson triste* et autres nouvelles (Folio n° 4443)
D. DAENINCKX	*Ceinture rouge* précédé de *Corvée de bois* (Folio n° 4146)
D. DAENINCKX	*Leurre de vérité* et autres nouvelles (Folio n° 3632)
D. DAENINCKX	*Petit éloge des faits divers* (Folio n° 4788)
R. DAHL	*Gelée royale* précédé de *William et Mary* (Folio n° 4041)
R. DAHL	*L'invité* (Folio n° 3694)
R. DAHL	*Le chien de Claude* (Folio n° 4738)
S. DALI	*Les moustaches radar (1955-1960)* (Folio n° 4101)
M. DÉON	*Une affiche bleue et blanche* et autres nouvelles (Folio n° 3754)
R. DEPESTRE	*L'œillet ensorcelé* et autres nouvelles (Folio n° 4318)
R. DETAMBEL	*Petit éloge de la peau* (Folio n° 4482)
P. K. DICK	*Ce que disent les morts* (Folio n° 4389)
D. DIDEROT	*Lettre sur les aveugles à l'usage de ceux qui voient* (Folio n° 4042)
F. DOSTOÏEVSKI	*La femme d'un autre et le mari sous le lit* (Folio n° 4739)
R. DUBILLARD	*Confession d'un fumeur de tabac français* (Folio n° 3965)
A. DUMAS	*La Dame pâle* (Folio n° 4390)
I. EBERHARDT	*Amours nomades* (Folio n° 4710)
M. EMBARECK	*Le temps des citrons* (Folio n° 4596)
S. ENDO	*Le dernier souper* et autres nouvelles (Folio n° 3867)

ÉPICTÈTE	*De la liberté* précédé de *De la profession de Cynique* (Folio n° 4193)
W. FAULKNER	*Le Caïd* et autres nouvelles (Folio n° 4147)
W. FAULKNER	*Une rose pour Emily* et autres nouvelles (Folio n° 3758)
C. FÉREY	*Petit éloge de l'excès* (Folio n° 4483)
F. S. FITZGERALD	*L'étrange histoire de Benjamin Button* suivi de *La lie du bonheur* (Folio n° 4782)
F. S. FITZGERALD	*La Sorcière rousse* précédé de *La coupe de cristal taillé* (Folio n° 3622)
F. S. FITZGERALD	*Une vie parfaite* suivi de *L'accordeur* (Folio n° 4276)
É. FOTTORINO	*Petit éloge de la bicyclette* (Folio n° 4619)
C. FUENTES	*Apollon et les putains* (Folio n° 3928)
C. FUENTES	*La Desdichada* (Folio n° 4640)
GANDHI	*La voie de la non-violence* (Folio n° 4148)
R. GARY	*Une page d'histoire* et autres nouvelles (Folio n° 3753)
MADAME DE GENLIS	*La Femme auteur* (Folio n° 4520)
A. GIDE	*Souvenirs de la cour d'assises* (Folio n° 4842)
J. GIONO	*Arcadie… Arcadie…* précédé de *La pierre* (Folio n° 3623)
J. GIONO	*Notes sur l'affaire Dominici* suivi de *Essai sur le caractère des personnages* (Folio n° 4843)
J. GIONO	*Prélude de Pan* et autres nouvelles (Folio n° 4277)
V. GOBY	*Petit éloge des grandes villes* (Folio n° 4620)

N. GOGOL	*Une terrible vengeance* (Folio n° 4395)
W. GOLDING	*L'envoyé extraordinaire* (Folio n° 4445)
W. GOMBROWICZ	*Le festin chez la comtesse Fritouille* et autres nouvelles (Folio n° 3789)
H. GUIBERT	*La chair fraîche* et autres textes (Folio n° 3755)
E. HEMINGWAY	*L'étrange contrée* (Folio n° 3790)
E. HEMINGWAY	*Histoire naturelle des morts* et autres nouvelles (Folio n° 4194)
E. HEMINGWAY	*La capitale du monde* suivi de *L'heure triomphale de Francis Macomber* (Folio n° 4740)
C. HIMES	*Le fantôme de Rufus Jones* et autres nouvelles (Folio n° 4102)
E. T. A. HOFFMANN	*Le Vase d'or* (Folio n° 3791)
J.-K. HUYSMANS	*Sac au dos* suivi de *À vau l'eau* (Folio n° 4551)
P. ISTRATI	*Mes départs* (Folio n° 4195)
H. JAMES	*Daisy Miller* (Folio n° 3624)
H. JAMES	*Le menteur* (Folio n° 4319)
JI YUN	*Des nouvelles de l'au-delà* (Folio n° 4326)
T. JONQUET	*La folle aventure des Bleus...* suivi de *DRH* (Folio n° 3966)
F. KAFKA	*Lettre au père* (Folio n° 3625)
J. KEROUAC	*Le vagabond américain en voie de disparition* précédé de *Grand voyage en Europe* (Folio n° 3694)
J. KESSEL	*Makhno et sa juive* (Folio n° 3626)
R. KIPLING	*La marque de la Bête* et autres nouvelles (Folio n° 3753)
N. KUPERMAN	*Petit éloge de la haine* (Folio n° 4789)

J.-M. LACLAVETINE *Petit éloge du temps présent* (Folio n° 4484)

MADAME DE LAFAYETTE *Histoire de la princesse de Montpensier* et autres nouvelles (Folio n° 4876)

J. DE LA FONTAINE *Comment l'esprit vient aux filles* et autres contes libertins (Folio n° 4844)

LAO SHE *Histoire de ma vie* (Folio n° 3627)

LAO SHE *Le nouvel inspecteur* suivi de *Le croissant de lune* (Folio n° 4783)

LAO-TSEU *Tao-tö king* (Folio n° 3696)

V. LARBAUD *Mon plus secret conseil...* (Folio n° 4553)

J. M. G. LE CLÉZIO *Peuple du ciel* suivi de *Les bergers* (Folio n° 3792)

J. LONDON *La piste des soleils* et autres nouvelles (Folio n° 4320)

P. LOTI *Les trois dames de la Kasbah* suivi de *Suleïma* (Folio n° 4446)

H. P. LOVECRAFT *La peur qui rôde* et autres nouvelles (Folio n° 4194)

H. P. LOVECRAFT *Celui qui chuchotait dans les ténèbres* (Folio n° 4741)

P. MAGNAN *L'arbre* (Folio n° 3697)

K. MANSFIELD *Mariage à la mode* précédé de *La Baie* (Folio n° 4278)

MARC AURÈLE *Pensées (Livres I-VI)* (Folio n° 4447)

MARC AURÈLE *Pensées (Livres VII-XII)* (Folio n° 4552)

G. DE MAUPASSANT *Apparition* et autres contes de l'étrange (Folio n° 4784)

G. DE MAUPASSANT *Le Verrou* et autres contes grivois (Folio n° 4149)

I. McEWAN *Psychopolis* et autres nouvelles (Folio n° 3628)

H. MELVILLE — *Les Encantadas, ou Îles Enchantées* (Folio n° 4391)

P. MICHON — *Vie du père Foucault – Vie de Georges Bandy* (Folio n° 4279)

H. MILLER — *Lire aux cabinets* précédé de *Ils étaient vivants et ils m'ont parlé* (Folio n° 4554)

H. MILLER — *Plongée dans la vie nocturne…* précédé de *La boutique du Tailleur* (Folio n° 3929)

R. MILLET — *Petit éloge d'un solitaire* (Folio n° 4485)

S. MINOT — *Une vie passionnante* et autres nouvelles (Folio n° 3967)

Y. MISHIMA — *Dojoji* et autres nouvelles (Folio n° 3629)

Y. MISHIMA — *Martyre* précédé de *Ken* (Folio n° 4043)

Y. MISHIMA — *Papillon* suivi de *La lionne* (Folio n° 4845)

M. DE MONTAIGNE — *De la vanité* (Folio n° 3793)

E. MORANTE — *Donna Amalia* et autres nouvelles (Folio n° 4044)

A. DE MUSSET — *Emmeline* suivi de *Croisilles* (Folio n° 4555)

V. NABOKOV — *Un coup d'aile* suivi de *La Vénitienne* (Folio n° 3930)

I. NÉMIROVSKY — *Ida* suivi de *La comédie bourgeoise* (Folio n° 4556)

P. NERUDA — *La solitude lumineuse* (Folio n° 4103)

G. DE NERVAL — *Pandora* et autres nouvelles (Folio n° 4742)

F. NIWA — *L'âge des méchancetés* (Folio n° 4444)

G. OBIÉGLY — *Petit éloge de la jalousie* (Folio n° 4621)

F. O'CONNOR	*Un heureux événement* suivi de *La Personne Déplacée* (Folio n° 4280)
K. OÉ	*Gibier d'élevage* (Folio n° 3752)
J. C. ONETTI	*À une tombe anonyme* (Folio n° 4743)
L. OULITSKAÏA	*La maison de Lialia* et autres nouvelles (Folio n° 4045)
C. PAVESE	*Terre d'exil* et autres nouvelles (Folio n° 3868)
C. PELLETIER	*Intimités* et autres nouvelles (Folio n° 4281)
P. PELOT	*Petit éloge de l'enfance* (Folio n° 4392)
PIDANSAT DE MAIROBERT	*Confession d'une jeune fille* (Folio n° 4392)
L. PIRANDELLO	*Première nuit* et autres nouvelles (Folio n° 3794)
E. A. POE	*Aventure sans pareille d'un certain Hans Pfaall* (Folio n° 3862)
E. A. POE	*Petite discussion avec une momie* et autres histoires extraordinaires (Folio n° 4558)
J.-B. POUY	*La mauvaise graine* et autres nouvelles (Folio n° 4321)
M. PROUST	*L'affaire Lemoine* (Folio n° 4325)
M. PROUST	*La fin de la jalousie* et autres nouvelles (Folio n° 4790)
QIAN ZHONGSHU	*Pensée fidèle* suivi de *Inspiration* (Folio n° 4324)
R. RENDELL	*L'Arbousier* (Folio n° 3620)
J. RHYS	*À septembre, Petronella* suivi de *Qu'ils appellent ça du jazz* (Folio n° 4448)
MADAME RICCOBONI	*Histoire de M. le marquis de Cressy* (Folio n° 4877)

R. M. RILKE	*Au fil de la vie* (Folio n° 4557)
P. ROTH	*L'habit ne fait pas le moine* précédé de *Défenseur de la foi* (Folio n° 3630)
D. A. F. DE SADE	*Ernestine. Nouvelle suédoise* (Folio n° 3698)
D. A. F. DE SADE	*Eugénie de Franval* (Folio n° 4785)
D. A. F. DE SADE	*La Philosophie dans le boudoir* (Les quatre premiers dialogues) (Folio n° 4150)
A. DE SAINT-EXUPÉRY	*Lettre à un otage* (Folio n° 4104)
G. SAND	*Pauline* (Folio n° 4522)
B. SANSAL	*Petit éloge de la mémoire* (Folio n° 4486)
J.-P. SARTRE	*L'enfance d'un chef* (Folio n° 3932)
B. SCHLINK	*La circoncision* (Folio n° 3869)
B. SCHULZ	*Le printemps* (Folio n° 4323)
L. SCIASCIA	*Mort de l'Inquisiteur* (Folio n° 3631)
SÉNÈQUE	*De la constance du sage* suivi de *De la tranquillité de l'âme* (Folio n° 3933)
MADAME DE SÉVIGNÉ	*« Je vous écris tous les jours… »* (Folio n° 4878)
D. SHAHAR	*La moustache du pape* et autres nouvelles (Folio n° 4597)
G. SIMENON	*L'énigme de la* Marie-Galante (Folio n° 3863)
D. SIMMONS	*Les Fosses d'Iverson* (Folio n° 3968)
J. B. SINGER	*La destruction de Kreshev* (Folio n° 3871)
P. SOLLERS	*Liberté du XVIIIème* (Folio n° 3756)
MADAME DE STAËL	*Trois nouvelles* (Folio n° 4879)
G. STEIN	*La brave Anna* (Folio n° 4449)

Composition Nord Compo
Impression Novoprint
à Barcelone, le 8 avril 2009
Dépôt légal : avril 2009

ISBN 978-2-07-038713-7./Imprimé en Espagne.

164023